KB005290

그해 여름, 뱀 무덤 앞에서

그해 여름, 뱀 무덤 앞에서

펴낸날 2023년 12월 8일

지은이 유민채
펴낸이 주계수 | **편집책임** 이슬기 | **꾸민이** 김명신

펴낸곳 밥북 | **출판등록** 제 2014-000085 호
주소 서울시 마포구 양화로7길 47 상훈빌딩 2층
전화 02-6925-0370 | **팩스** 02-6925-0380
홈페이지 www.bobbook.co.kr | **이메일** bobbook@hanmail.net

ISBN 979-11-5858-978-3 (03810)

※ 이 책은 한국예술인복지재단의 예술인창작준비지원금으로 제작되었습니다.

그해 여름, 뱀 무덤 앞에서

유민채 시집

청소년기의 어느 봄날 하얀 목련꽃 봉오리에 볕이 환하게 비쳐들고 있었습니다. 그 순간 어린 시절의 마을과 숲과 들에서 보았던 풍경과 이야기들이 영화 필름처럼 스쳐 지나갔습니다. 그 풍경과 이야기들을 쓰지 않고는 견딜 수 없었습니다.

이 시집에는 오랫동안 곰삭혀 온 이야기, 느릿느릿 나를 찾아온 이야기, 그리고 일상 중에 갓 자라온 이야기가 섞여 있습니다. 조금 더 일찍 세상 속으로 보내야 했는데 조금 늦은 건 아닌지 모르겠습니다.

이네들을 이제 후련하게 떠나보내게 되어 감사합니다. 이 이야기들이 독자의 마음속에서 따뜻하고 그리운 풍경으로 다시 피어나기를 바랍니다. 그리고 이제 나는 다시 새로운 것, 더 뜨겁게 타오를 이야기를 찾아 길을 나섭니다.

2023년의 겨울
유민채

차례

제1부

해·달·별 가족

한 가족

막걸리 담긴 누런 주전자 들고 엄마 뒤를 바짝 따랐는데요
엄마 걸음은 바람 같았구요
난 참 작았어요
막걸리 철철 넘쳐 종아리에 흘러내렸구요
쇠뜨기 질경이 드문드문 난 길이 비틀거렸죠
밥과 반찬 든 함팅이* 논둑에 내렸구요
뒤늦게 도착한 막걸리는 반 종지나 되었을까요
그래도 아버지 껄껄 웃으며 막걸리 참 맛있다고 했지요
어린 모들은 말강말강한 논물 속에서 하아하아 웃는 것 같았어요
새롱새롱 부는 바람결에 찰방찰방 물결 일었고요
햇볕은 논바닥 위에 낮짝을 폭 당그고 곰실곰실 졸았어요
나는 논둑 키 큰 미루나무 잎새 위를 잘 봤나 봐요
아버지와 엄마와 논바닥 모들과 하늘이 다 한 가족이었어요

---

* 함팅이 : 쌀 따위를 씻을 때 쓰는 함지박, 이남박의 방언

볕 좋은 봄날

어머니, 너 낳던 날 산파 없이 몸 풀었고
한 번도 부엌에 들어가지 않던 아버지 미역국 끓여 날랐다지
아버지가 손수 끓인 미역국 쳐다보지도 않고 벽만 바라본 어머니
작은어머니 옆 마을서 건너와
"형님, 애 낳았다더니 어딨어요?"
물어도 물어도 말 한마디 하지 않으시고
작은어머니 온 집안을 뒤져 똘똘 말린 요대기*를 찾았다지
얼굴이 새파래져 입술만 달싹거리고 눈도 뜨지 못한 너
마지막으로 일곱 번째 낳은 아기가 딸인 게 억울하고 분해
낳자마자 똘똘 말아 건넌방 구석에 버렸단다
네가 세상에 내지른 첫울음조차 멈춰버릴 뻔했지

팔순 노모 머리 깎는 네 모습 본다
너의 손가락 사이로 어머니 흰머리 차락차락 떨어진다
감나무 엉켜 있던 바람 하얀 머리칼 차분차분 쓸어간다
볕 좋은 봄날이다

---

*   요대기 : 포대기의 방언

나를 가져 만삭일 때

나를 가져 만삭일 때 울 엄마
논바닥 뻘밭에 배꼽 아래까지 빠졌대요
몸은 점점 빠져들어 가슴께까지 빠져 가는데
울 아부지 꺼내 줄 생각 안 하고
그저 배꼽이 빠지도록 웃고 있었대요

화가 머리끝까지 뻗쳐오른 엄마
"염병 지랄하구 있네 웃음이 나와?"
소리소리 지르고

배는 불러서 두루뭉술한 여자가
뻘밭에 빠져가는 꼴을 보노라니
아버지 그만 웃음이 터졌더래요
몸은 가슴께를 지나 뻘밭으로
자꾸 빠져 가는데 눈물이 쏙 빠지더래요
한참을 웃어 재끼던 아버지
그제야 손을 내밀어 엄마를 꺼내 주었대요

아버지와 한데 섞여 있던 웃음은
논바닥에 철퍼덕 나자빠지고
뻘밭을 빠져나간 바람은
엄마 뒤에서 뱃속 나를 잡아당기고
내 발길질에 물컹한 뻘밭은 얼마나 간지러웠을까요

원시의 무늬

엄마 날 가져 산달이 되었을 때
아버지는 미꾸라지탕 그렇게 먹고 싶었더란다
음력 6월 초 벼도 웃자라는 논배미 한복판에
그디란 둠벙이 있었단다

불룩한 배로 아부지랑 같이 둠벙을 퍼
반나절도 안 돼 팔뚝만 한 미꾸라지
양동이 가득 철철 넘쳤다 한다

가마솥에 미꾸라지 가득 넣고
파에 마늘에 고춧가루에 활활 장작을 지폈다지
푹 곤 미꾸라지탕 한 사발 맛있게 비워냈단다

삼복더위 날
똘망똘망 아기가 태어났는데
삼칠일도 안된 것 등어리에 얼룩덜룩 미꾸라지 무늬 가득했단다
며칠 새 툭툭 붉어지더니 등짝 전체가 울긋불긋 피고름이
맺혔단다

어머니는 장독대에 물 올려놓고 몇 날 며칠 빌기만 했단다
생사의 갈림길에서 퍼뜩
'그놈의 미꾸라지탕 때문에 애 잡겠구나' 생각을 떠올렸다지
지금도 손을 젖혀 등짝을 만져보면 울룩불룩한 무늬가
다섯 손가락 마디마디에 또렷이 잡힌다
내 등어리에는 꿈틀, 원시의 무늬 살고 있다

소 엄마

언뜻언뜻 그날이 스쳐 가
엄마 젖 물다 잠들어 무수한 파리 떼
입술 위에 눈언저리에 달복달복 붙어 잉잉거렸지
꿈결인 듯 일어났어 엄마를 찾아
방에서 마루로, 마루에서 봉당으로
봉당에서 마당으로 어릿대다
떨어지고 떨어지고 울고 또 울고
마당은 하늘과 맞닿아 있었지
군데군데 풀 몇 포기
마당 끝 외양간까지 기어갔어
소똥투성이 외양간은 한나절 일을 끝낸
암소 한 마리가 한가롭게 파리를 쫓으며
되새김질하고 있었지!
나는 말랑말랑한 소똥을 손가락으로 찍어 보고
입속에 가져가 보고 주물럭거렸지
인상을 쓰다가 땡볕에 절어 울다가, 그러기를
몇 차례 그만 암소 발아래 누워 잠이 들고 말았어

그해 여름, 뱀 무덤 앞에서

해가 막 질 무렵 집으로 돌아온 울 엄마는

암소 발아래 누워있는 나를 보고 가슴이 철렁했대

아기가 소한테 밟혀 죽었다고 생각했대

그런데 아기는 소 그늘에서 너무나 고요한 듯 잠들어 있고

소는 꼬리를 흔들며 아기 얼굴에 붙은 파리조차 쫓아냈대

도라지꽃

그 낯빛을 볼 때마다 가만히 눈을 감는다

별처럼 핀 보랏빛 흰빛 봉오리는
뿌언 하늘을 우러른다

'가난이 죽으면 저 꽃으로 필 거야'
일곱 살 때 죽은 우리 오빠
도라지밭에 누워있다

쉰밥을 물에 풀어 밥풀을 건져 먹고
눈이 퀭하게 부풀어 버린 오빠는
할아버지 똥 심부름을 왜 나한테만 시킬까
궁금해하며 도라지밭에 버렸다지

도라지꽃 그 날빛은 왜 죽는지도 모른 채
살고 싶어 하던 우리 오빠 등에 솟은 외 날개
아픈 몸 뼈 마디마디 꽃으로 피어오른 흰 빛 동공

해마다 도라지꽃 필 때면 물빛 구름으로 머물다가는 넋 환하다

마중

아버지는 논둑길에 서 있을 때 커다란 나무가 된다
소 꼴을 벨 때 한 무더기 억새 풀이 된다

눈이 올라나 비가 올라나 억수장마 질라나
만수산 검은 구름이 다 몰려든다
아리랑 아리랑 아라리요
아리랑 고개 고개로 나를 넘겨주게[*]

붉은 빗살 타고 아버지 노래 흘러나온다
막걸리 한 사발에 목청은 사뭇 돋는다
하루 목숨 다한 해가 등어리를 보인다

_____

[*]   정선 아라리 부분

그해 여름, 뱀 무덤 앞에서

아버지 발아래서 흙은 더 부슬거리고 풀은 더 시 푸르다
한 지게 꼴을 베고 오는 아버지 어둠과 한 몸 된다
달도 무화되어 온몸이 희부윰하다

아버지는 길이 되어 딸 마중 나간다
땡볕에 절은 아버지 가는 다리 개구리 소리에 푹 젖는다
아바 아바 아바바, 개구리 운다

나뭇잎 편지

엄마 알아요
삼베 속곳 다 젖도록 끝없는 황톳길 걸어 약을 지어 오신 거요
근동에 그 의원 말이어요
너무 독하게 약 짓기로 소문이 났어요
독한 약보다도 저의 병이 더 독했던 거예요
일곱 살배기 제가 가기에 그곳은 너무 멀었어요
살고 싶어 빛나는 내 형형한 눈빛보다
몸은 이미 저 바닥이었던 거예요
꽃으로 피어나기엔 너무 아팠어요
달이나 별로 태어나기에도 너무 어렸고요
봄에 나무 외피를 찢고 나오는 새순을 가만히 들여다보세요
그 속에 내 숨소리 들릴 테니
이제 움트지 못해요 지상의 흙들 너무 단단해요
밤마다 피 흘리며 가로등 아래서 헤매기도 했어요

그해 여름, 뱀 무덤 앞에서

저 있는 이곳은 빛으로 가득해요

달 위에 구름을 펼쳐놓으면 별 하나씩 내려와 콩콩 뛰기도 하고요

달그림자 따라 바람 속을 걷기도 했어요

해는 고목이나 돌을 모래나 먼지로 만들었어요

가끔 엄마가 먹여주던 나물 냄새가 나요

그러면 머리에서 푸른 잎이 돋기도 해요

엄마 이곳 걱정은 마세요

전 이미 너무 오래 살았는 걸요

내 손가락 마디마디를 누르면 노래가 나와요

그 노래 불러드릴게요

그늘진 나무 평상 아래서 누워 들으세요

지상에 남겨 두었던 내 마지막 눈빛 이제 잊으세요

오늘은 성일(聖日)이었어요

어머니 하염없이 우거진 그 숲속을 걸으실 때
하늘은 물방울 같은 눈을 떠서 길을 내주었다네
가도 가도 황톳길 가도 가도 새파라니 푸른 숲길
흰 고무신 낡은 고무신 닳는 줄도 몰랐네

외눈박이 가로등 대가리가 떨어져 사방에 뒹굴고 있었네
칠흑 같은 아스팔트 길에 빼곡히 늘어선 자동차들
발갛게 충혈된 눈을 부라리며 땅으로 꺼져 들어가고
사람들 땅도 하늘도 아닌 어느 곳도 발 디디지 못하고
빈 하늘에 매달려 있네

어머니, 나는 눈을 뜰 수가 없어요
눈을 떠도 세상이 온통 까맣게 빛나고 있어요
당신을 이루고 이룬 뼈와 살이 부딪치며
덜그럭거리며 너울대고 있어요
저 노을 끝에 걸린 피비린내 나는 내 사랑을 보아요
심장 깊숙이 칼이 꽂혀 헉헉대는 저 야윈 나무들 좀 보아요

어머니, 나의 팔이 화석처럼 굳어가요
저 빈 공중에 묶인 내 팔을 좀 보아요

그해 여름, 뱀 무덤 앞에서

먹구름 사이 빗물 사이로 피가 뚝뚝 흘러요
해지고 딱딱해진 검푸른 산등성이 좀 보아요

오늘은 성일(聖日)이었어요
나는 그분께 따끈따끈한 내 살을 베어 드리려고 해요
검푸른 살 오른 나의 간장을 저 햇살에 찍어
그분의 입 안에 넣어 드리려고 해요

햇살이, 햇살이 가고 있어요 바람에 끌려, 끌려서
어머니 다시 돌아올게요
절그럭거리는 당신의 뼈와 뼈 사이 뜨거운 입맞춤으로
살 오르는 그날

제비꽃

새벽은 아직 멀고
별들은 저희끼리 두런거렸다
자동차 불빛들은 마른침을 삼키며 번들거렸다

새벽 세 시 아버지의 임종 소식을 들었다
선뜻 아버지께로 가지 못하고 거리에서 헤매다
걸타리* 먹은 차를 몰고 집으로 갔다

광대뼈 툭 불거져 누워계신 아버지
앙상하게 마른입에서 싸한 냄새가 났다
눈물이 나오지 않았다
엄마는 아버지 얼굴을 쓰다듬었다

---

* 걸타리 : 걸쳐져 있다. 또는 걸타 타다는 뜻으로 걸타리 먹다는 오래되고 노후가
되어 고물이 된 상태를 뜻한다. (걸타리 먹은 차=고물차)

그해 여름, 뱀 무덤 앞에서

아버지 무덤가에 해마다 제비꽃이 피었다
나는 보랏빛 제비꽃을 보고 낮게 조아렸다
제비꽃 튀어나온 망울이 꼭 아버지의 목젖 같다

무덤에 냄새를 맡아 본다
그리움이 생각나지 않는다
나는 아주 오래오래 그 자리에 앉아 있다

아버지 냄새

　잔칫집 들러 해 떨어지고 땅거미 오실오실 내 턱에 차오르는다 저녁 무렵 아버지 걸쭉한 목소리 마당 가 울려 퍼진다 훤하게 붉은빛 도는 광대뼈 아래 텁텁한 막걸리 냄새 귓속까지 퍼질 것 같다 주머니를 부스럭거리면 절편과 오강과자와 약과가 새마을 담배 껍데기 은종이에 넘치도록 담겨있다 거기에 담배 부스러기가 걱실걱실 묻어 먹을 만한 것이라곤 하나도 없다 마룻바닥에 기분 좋게 쏟아놓으며 순빅이 엄마 어디 갔나? 연방 터트린다 이 년여를 앓다가 가신 아버지 백내장 수술 때를 놓쳐 장님 아닌 장님처럼 살았다 국인지 반찬인지 못 찾을 때 아버지 눈먼 걸 알았다 논밭 지게 같은 아버지 늘 소와 함께 나갔다가 소와 함께 집으로 돌아왔다 논이 아버지였고 아버지가 논이었다 소가 아버지였고 아버지가 소였다 잔칫집 가면 담배 부스러기 가득 묻어 먹지도 못하던 음식을 두루마기 속에서 꺼내시던 흙 냄새 풀 냄새 술 냄새 풀풀 나던 아버지

　그해 여름, 뱀 무덤 앞에서

대지팡이

아버지에게는 지팡이가 있었다
대나무 가지를 잘라 만든
손잡이엔 때가 까맣게 절어 있었다
아버지의 다리는 절그럭거렸고 허리는 땅을 향해 기울었다
길을 나서면 조금 낮은 하늘을 보고 웃었다

지팡이는 아버지를 조금 일으켜 세웠다
아버지만큼 가벼워 어디든 데려다주었다
대나무 파란 잎사귀처럼 푸르렀다
아버지 두고 가신 지팡이에 내 몸을 걸쳐 봤다
날아오를 듯 가볍게 나를 들어 올렸다

어젯밤 꿈속의 든든해 뵈던 아버지 다리 떠오르고
아버지 머물던 땅, 지팡이는 하얗게 웃고 있다

곽담배

어릴 적 담배 농사 엄청나게 지었는데
아버지는 매일 제일 안 좋은 담뱃잎만 골라 대충 신문지에
말아 피셨다

나는 그게 너무 마음 아파 소풍날 사이다 사 먹으라고
엄마가 주신 돈을 아껴 새마을 담배를 사 드렸다
아버지는 평생 내가 사 드린 담배 얘기를 마르고 닳도록 하셨다

평생 단 한 번 어린 딸이 사 준 곽담배를 피우신 거다
논둑에서 밭둑에서 주머니 속 잎담배를 대충 말아 피며
막걸리 한 사발과 민요 한 자락에 시름을 날렸다

아버지의 평생 단골 주제는 소풍날 어린 딸이 사 준 새마을
담배 이야기
사랑에 대한 새로운 철학이었던 거다

그해 여름, 뱀 무덤 앞에서

옛 우물 곁에서

줄줄이 딸만 낳은 우리 엄마
허기진 배 움켜쥐고 부엌에 스며들어
찬밥 덩어리 우걱거리며 먹던 밤
할머니 뒷문으로 들어서며 버럭 소리 질렀다
"아들도 못 낳는 년이 밥은"
목구멍 타고 내려가던 밥은 돌덩이처럼
목에 걸리고 말았다

백 년 넘도록 물이 솟는 우물가
대추나무 그림자 길게 비치고
달그림자 뿌옇게 비쳐 들고
별들도 몸 담그고 더위 씻어내던 밤
엄마 그림자 우물 속 선연히 떠올랐는데
그만 생을 놓아버리고 싶었다 한다

저승길 문턱 같던 그날이여,
엄마는 소주 한 잔 탁 털어 넣으며
캬, 지금 물처럼 흐르고 있다

틀니

엄마 이는 사십이 막 넘었을 때 다 빠져 버렸다네
돈이 없어 무면허 기공사한테 틀니를 맞췄네
한 십 년 잘 쓰다 윗니 가운데 금이 갔는데 본드로 붙여 몇
달을 더 썼네
어릴 적 틀니의 혀와 이빨이 붙어 버린 것 같은 기이한 모습
에 만지기도 겁났네

거름더미 속에서 예전 쓰던 틀니가 나왔네
붉은 잇몸과 누르께한 이빨이 수년이 지났는데도 가지런했네

제 몸도 아닌 것이 제 몸 일부가 된
잇몸과 잇몸 사이 단단한 슬픔이 된
엄마의 피가 되고 살이 된, 엄마의 웃음과 말씀이
군데군데 묻어 있는 살뜰한 피붙이

햇살 뜨겁게 쏘아붙이는 한 여름 정오
유년이 가물거리는 시골 앞마당에서
물렁물렁한 날들 모두 가 버린
유물도 될 수 없는 엄마의 뜨거운 속살을 보네

그해 여름, 뱀 무덤 앞에서

어머니를 이루신 몸

어머니 옷을 빨래한다
스웨터, 조끼, 파자마, 양말
빨래를 꺼내고 보니
세탁기 바닥에 알곡들 놓여 있다

검은콩 세 알
호박씨 다섯 알
고추씨 일곱 알
어떤 날은 푸른 고추가 들어 있기도 했다
어떤 날은 팥 네 알과 땅콩 두 알이 있기도 했다

어머니가 앉았다 일어난 자리엔 항상 흙이 있다
마루에도 이불 위에도 부엌 의자에도
어머니 몸은 흙이다

호미 손
갈퀴 발
나는 그 몸에서 떨어져 나왔다
낱알 하나로

언니별

여름밤이 깊으면 온 숲은 같은 색의 옷을 입고 있었다

숲도 나무도 풀도 한 몸을 이루어 한 소쿠리의 잿더미 같았다

숲을 지나는 바람은 짐승의 울음소리로 밤새 울었다

문틈을 귀 기울이면 청아한 새소리 낼름낼름 밤의 귀를 후벼 팠다

언니가 길을 나선 날도 이런 밤이었다

엄마는 언니의 뒷모습을 향해 부엌칼을 집어 던졌다

칼은 언니의 발뒤꿈치 근처에서 멈췄다

언니는 비 맞은 나비처럼 잔뜩 날개가 젖은 채 떠나 버렸다

엄마의 가슴은 한소끔 바다가 되었다

눈물이 지나간 자리마다 굵은소금이 바닥에 뒹굴었다

몇 개의 여름밤이 지나갔다

엄마의 들녘에서는 바람이 불지 않았다

소쩍새 울던 밤 지나고 또다시 여름이 왔다

우주 어느 정거장 아래 둥지를 틀고 산다는 소문이 바람결
에 들려왔다

그해 여름, 뱀 무덤 앞에서

언니보다 스무 살이 더 많은 그 늙은 남자는

여기저기 행성을 떠돌며 별똥별을 줍는다고 했다

엄마는 술만 드시면 사랑이 그토록 가벼운 것이냐고 물었다

집 앞 옻나무는 해마다 더 푸르고 장독대 항아리 속 된장

빛은 더 짙어갔다

가갸거겨

어머니는 초등학교도 제대로 다니지 못했는데
아이들 없는 텅 빈 마을을 배회하다
친구가 다니는 학교로 터덜터덜 걸어갔다고

교실 안 난로 위에는 누런 주전자 물이 끓고
때꾸정물 아이들 꿈벅꿈벅 먹물 같은 눈동자에 가, 갸, 거, 겨,
보리싹 같은 글자를 아로새깁니다
교실 창밖에는 찬 서리 바람 켜켜이 불어오는데
찬 바람벽에 딱정벌레처럼 붙어
언 손바닥에 가 갸 거 겨

어머니는 멍석을 여미던 할아버지 곁에서
초등학교 보내달라고 졸라 댑니다
"아부지, 나 핵교 보내 줘유"
"지지배가 핵굔 다녀서 뭘 햐"
오히려 역정을 내시고
그런 날이면 빈 운동장에 종일 선 그림을 그립니다

서툰 글자들은 풀씨가 되고 꽃이 되고 나무가 됩니다
어떤 글자들은 사푼 꽃씨 되어 날아갑니다
오늘 아침 새큰새큰 아픈 어머니 무릎 위
가, 갸, 거, 겨, 열매를 쪼러 새 한 마리 날아듭니다

가을을 건네다

아버지 숲으로 가고 어머니마저 몸져누웠다
들판의 곡식들은 그저 푸르러져 갔다
바람은 아버지 무덤을 쓰다듬고
어머니 곡식을 한껏 들여다본다

아버지 거닐던 들판의 노을이 조금 짙어졌다
어머니가 가꾼 곡식들은 이내 몸이 무거워졌다
가을을 머금은 씨앗들이 구름마다 박혔다

어머니의 알곡들은 까맣게 단단해진다
숲 사이에 자리 잡은 아버지는 들판을 쳐다본다
아직 병원 침상에 머문 어머니의 뼈는
아주 느리게 느리게 아물고 있다

그해 여름, 뱀 무덤 앞에서

'거북아, 거북아, 헌 집 줄게 새집 다오'
어린 날 모래 위에서 하던 주문을 가을을 향해 외어본다
어머니의 곡식들은 아버지를 찾아가는 중이다

"이랴 이랴 차차"
아버지, 고삐를 힘껏 당겨 어머니께 건넨다

어머니방 불빛

늦은 밤 집 앞
보인다 어머니 방 창문 불빛
어머니가 안에 계시다

마늘이나 땅콩을 까고 계실 거다
흐뭇한 미소 지으며 TV를 보고 계실 거다

집 앞 텃밭에는 푸른 상추와 파와 콩이 자란다
밤새 어머니의 자장가 들으며 잘 자란다

낮엔 더러 텃밭에 들러 풀도 뽑고 채소들 또옥 똑 따셨나 보다
식탁 위 그릇에 야채가 소복하다
푸른 즙 되어 몸으로 흘러 들어갈 생각에 설레는지
푸른빛이 청청하다

불빛 흐르는 창가에 하루살이들 날아들고 텃밭 곡식들 깊은 단잠 잔다

곡식들 사이 풀들도 더불어 잘 잔다

내일 어머니 손에 뜯겨질 텐데 오래 정든 친구의 손길 평안하리

어머니 방 창문 불빛, 아늑하다

그 말(言), 참 힘이 세다

엄마는 시골살이 하고 싶다는 딸과 사위와 손녀와 살게 됐는데 평생소원이 우리 딸 데리고 성당 가는 거라 말씀하셨지! 효녀 딸은 엄마 말 듣고 설렁설렁 성당을 다녔지! 걸어 나가서 버스 타고 높은 둔덕길을 걸어 성당을 나가다가 딸이 모는 차가 성당 앞마당까지 모셔주니 좀 편하고 좋을 수가 없었지! 그날도 일요일 성당 갈 시간은 다 돼가는데 사위와 딸은 일어날 기미조차 안 보였지 새벽같이 일어나 밭일 한참 끝내고 손녀딸과 함께 밥까지 다 먹었는데도 인기척이 없자, 문밖 마루에서 사위와 딸이 자는 방 차마 두드리지 못하고 동동거리다가 한번 후련하게 내뱉는다 "에이! 십팔 드러워" 어린 딸이 할머니가 엄마보고 욕했다며 전해주네! 그것도 저희 할머니랑 생판 똑같이 '에이! 십팔 드러워!' 꿈결에 똑똑하게 들린 그 한마디가 백 마디 말보다 더 힘이 세다

그해 여름, 뱀 무덤 앞에서

제2부

야생의 기억

나는 그 웃음을 보지 못했지만

위 담배밭과
아래 담배밭 사이 둔덕 온통 산딸기다
가는 비 내리는 날, 붉은 물 흐르는 것 같았다
정신없이 따먹고 배가 불러
멀찌감치 떨어져서 본다
열 살, 나만 아는 비밀의 것
흐뭇하게 웃었다
내일 또 와야지
모레도 또

그해 여름, 뱀 무덤 앞에서

풀밭에 누워

소는 풀을 뜯고
나는 숨결처럼 잠이 들고
소를 잡은 끈을 스르르 놓아버리고
풀밭은 원을 그리며 쉼 없이 맴돌고
언덕 위 소나무는 하늘바람을 흘려보내고
발목까지 차오른 새파란 풀잎 깊숙이 물 들어오고
소나무 가지 끝에 매달린 정적은 잔뜩 빛을 머금고
바람과 함께 풀빛 속에 눕는다

끈은 세상 전부이고 없기도 하였으니
소는 저 홀로 노닐고 물을 먹고 있다
나와 같이

따뜻한 고요

진한 담배 익어가는 하꼬방*에서 가만 누웠다가 깜박 잠이
들고 말았네
저녁도 잊고 밤이 깊을 무렵까지 그렇게 있었는데 문득 깨어
보니 새카만 밤
더듬더듬 밤을 타고 집에 들어서니 식구들 모두 잠들어 있고
어디선가 나지막이 나를 부르는 소리 들은 것도 같았네

아홉 살 깊은 여름밤
고요한 숨결 속에서 가만히 식구들 얼굴 눈으로 어루만져 보았네
엄마 얼굴 언니 얼굴 아버지 얼굴 가마 가만 보았네
하늘에서 온 듯한 고요가 이승과 저승 사이 흐르고

저승에서 불어온 따뜻한 고요가 찬 바람 부는 오늘까지 부
드럽나니

---

*   하꼬방 : 조개탄을 때 담배를 건조 시키던 창고

검정 고무신

검정 고무신을 신었다
아침부터 저녁까지 봄부터 겨울까지 내내 신었다
한여름엔 때꾸정물이 줄줄 흘러 자꾸만 벗겨졌다
발바닥에 고운 흙을 묻혀 걸었다
송사리 잡아 가득 담았다
코를 뒤집어 모래 위에서 한나절을 놀았다
코스모스 위에 앉은 꿀벌을 낚아채 패대기치면
꿀벌은 한동안 정신을 못 차리고 비틀거렸다
그게 너무 재미있어서 잡고 놓아주고 혼자 웃었다
오래 신어 작아지면 뒤꿈치를 잘라내 밑창이
드러날 때까지 슬리퍼로 신다가
쇠죽 쑤는 불 속에 던져졌다

불이 붙는다, 신작로에 풀밭에 모래밭에—
검은 그름을 내며 불꽃이 흔들리다가
순식간에 오그라져 재가 되었다
언제부턴가 코스모스길 걷다 보면
검정 고무신 자박자박 걸어 나올 것만 같았다

테레비 마실

흑백 테레비도 귀하던 시절, 앞집 부강 할머니 댁에서 제일 먼저 테레비를 샀다 마당이 넓고 사방이 개복숭아 나무로 둘러쳐진, 동네서 담배 농사를 가장 크게 짓던 부잣집이었다 테레비는 대청마루에 놓였고 마당에 멍석이 깔렸다 애어른 할 것 없이 모두 모여들어 연속극을 보았다 옥녀의 한풀이가 화면 가득 펼쳐질 때마다 모두 눈도 껌벅이지 못했다 수사반장 최불암 아저씨의 귀신같은 예지력에 혀를 내둘렀다 수북한 별들이 멍석 위로도 사람들 머리 위로도 뚝뚝 떨어졌다 어느 날부터인가 테레비 중계가 중단되었다 부강 할머니 집 대문은 굳게 잠겼고 언니들은 부강 할머니 집 담을 타 넘다가 종선 오빠한테 호되게 혼나고 말았다 동네서 두 번째로 원석 오빠네 집에서 테레비를 샀다 우리는 테레비를 보기 위해 담배 진이 묻는 것도 마다하지 않고 담배 잎사귀를 꿰었다 세 번째로 테레비가 제일 끝 집인 은주 할아버지네 집에 들어서자, 담배 잎사귀 꿰는 일이 치사하게 생각되었는지 원석 오빠네 집에 가지 않았다 그날 밤 은주 할아버지네 집 대문도 꽝꽝 닫혀 있었다 언니들은 은주 할아버지네 집 대문을 고양이처럼 타 넘어갔다 키 작은 나는 담을 타 넘을 수 없었다 나도 데려가 달라고 여러 번 보챘지만, 언니는 뒤도 안 돌아보고 깡충 뛰어 들어갔다 그 집에 들어가지 못한 분통한 마음에 대문 앞에 큰 대자로 누워 목청이 터지도록 울었지만, 울음소리는 컹컹 짖어 대는 강아지 소리에 파묻혔다 그 뒤로 나는 테레비 마실 가는 일을 그만두었다

소를 뜯기며[*]

산과 들이 푸르러지는 여름마다 학교 갔다 오면 소를 뜯기러 갔다
소는 으레 나를 따라 집을 나섰고 들로 산으로 다니며 풀을 먹었다
어느 날 소를 뜯기러 멀리까지 갔고 냇가에 다다르니 배가 불룩했다
물을 먹이고 소를 풀에 매어 놓고 모래밭에 누웠다
잠들었는데 깨어보니 날 저물어 어둑어둑했다
소는 온데간데없고 질겁한 나 온 산을 뒤지다 지쳐 집으로 왔는데
소는 이미 집에 돌아와 태연하게 여물을 꾸역꾸역 먹고 있었나
소를 찾느라 헤맨 것이 약 올랐지만, 그 착한 눈망울을 보고
머리를 쓰다듬었다

해가 지면 엉덩이를 꿀렁이며 집으로 돌아오던
커다란 눈이 닮았던 소와 소녀

---

[*] 뜯기며 : 예전 농촌에서는 소를 산으로 들로 데리고 다니며 풀을 먹이는 일을 소를
'뜯긴다'고 하였다

달밤

낮보다 더 환한 달밤이었어
모든 사물들이 햇살 비치는 한낮보다 더 새뜻해 보였지
엄마는 잠든 아이들을 소처럼 몰고 담배밭으로 갔지
덜 뜬 눈을 비비며 담배 젓순을 땄어
엄지와 검지 사이 담뱃진이 누렇게 밸 때까지

하늘은 펼쳐 논 공책처럼 순하고
발아래 흙들은 부슬부슬 빛났어
엄마 젖꼭지처럼 말랑한 연초록 순을 똑똑 땄어
발밑에 밟히던 풀들은 동요처럼 도란거렸어
젓순은 대공과 잎 사이 끈적이며 달라붙어 있었지

젓순이 그렇게 무수히 떨어지는 날들 뒤로
연둣빛 어린잎들 건조실에서 노랗게 말라갔는데
백자처럼 환했던 달밤의 그날 아직도 촉촉하고
잃어버린 사금파리 같았던 그날
길바닥에서 주워 읽은 책처럼 옛날을 읽는다

참외 서리

해가 조금 시들 무렵 밭으로 갔다

고추 밭고랑에 쭈그려 앉아 밭을 매었다

사방은 적막하고 키 큰 담배 대공들 퍼런 잎을 늘어뜨린 채 하루를 채워갔다

곧 검은 구름 장막처럼 하늘을 감싸더니 후두둑 소나기다

검은 빗줄기 온통 몸을 난타할 때, 순간 머릿속에 스치는 노란빛

옆집 담배 밭고랑 사이 참외가 수북하다

밭고랑은 흙탕물로 진창 되어 흐르고 빗물이 눈과 입으로 마구 흘러 내렸다

다소곳이 누워있는 샛노란 참외를 옷자락을 쥐어 잡고 턱까지 넘치도록 땄다

소나기는 여전히 쏘아붙이고 시야는 빗물로 흐려지는데 눈을 치뜨고 내달렸다

할아버지 산소 앞, 어디서 나타났는지 주인아저씨

"이놈 게 섯거라 이 도둑놈!" 하며 성큼성큼 덮쳐왔다

앞자락이 무거워 발걸음이 굼뜬 나, 풀숲에 참외를 모두 쏟아내고 달음질쳤다

소나기 퍼붓던 날의 서리질은 '가는 날이 장날'이 되었다
어린 도둑의 꿍꿍이와 참외주인의 예감은 묘하게 맞아떨어졌다
어매, 빗물 속에 희번덕이던 노란빛!

그해 여름, 뱀 무덤 앞에서

 냇가 흐르는 물살 위로 햇살은 번들거리며 빛났다

 둘레에는 허리 굵은 미루나무 수십 그루가 이파리를 반짝이며 나란히 서 있었다

 잔잔히 흐르는 물살 위로 허언 물뱀이 몸통을 유연하게 들썩이며 가로질러 가고

 길고 가느다란 막대기를 들고 있던 손은 가로로 쭉 뻗은 물뱀의 맨살을 후려쳤다

 순간 물뱀은 쭉 뻗으며 누웠고 물살 위에서 잠시 허리를 뒤집으며 버둥거렸다

 물뱀은 다시 느린 동작으로 허리를 출렁이며 물살을 가르며 가고

 나는 회초리를 잡은 손목에 힘을 세게 쥐고 몇 번을 더 갈겼다

 쭉 뻗은 몸은 더 이상 나아가지 못했다

 막대기에 뱀을 얹어 모래 밖으로 가지고 나오자, 아이들은 웅성거리며 죽은 뱀을 구경했다

 누군가 무덤을 만들자고 했고 우리는 구덩이를 깊게 파고 죽은 뱀을 묻었다

어디서 돌멩이도 구해와 비석도 세워주고 모래 위에 굵은 글씨로 '뱀 무덤'이라고 크게 썼다

무덤 앞에 풀과 모래로 제삿밥을 차리고 절도 하고 명복을 빌어 주었다

얼마 후 우리는 다시 미루나무 우거진 냇가로 뱀 무덤이 잘 있나 가 보았다

그해 여름 내린 장맛비에 무덤은 쓸려갔고 자국만 남아 있었다

야성의 어린 시절은 뱀 무덤처럼 쓸려 내려갔고

나는 뱀 비늘 같은 각질을 떨어트리며 한 생을 살아내고 있다

옥수수 딴딴히 영글어가는 밭에서

하늘은 맑고 푸르렀다

짐승을 닮은 구름도 몇 흘러가고 있었다

살찐 더위에 옥수수밭은 탱글탱글 영글어 갔다

옥수수 대공을 꺾어 한입 물자 단물이 입 안 가득 퍼졌다

햇볕을 쫓으며 옥수수밭 주변을 두릿거렸다

그때였다 두 몸뚱이가 스쳐 지나간 것은

어, 우리 동네 금순 언니랑 어떤 아저씨다

금방 두 입술이 한 입술로

옥수수 가지와 한 가지로 엉겨 붙었다

열 살 어린 내 가슴은 두근두근 도리질 쳤다

나는 눈을 크게 떴다 점점 크게 떴다

동공이 부풀어 올라 터질 것 같았다

금순 언니가 내 쪽을 쳐다보았다 똑바로

금순 언니랑 눈이 마주쳤던 걸까

걸음아 날 살려라, 나는! 도망쳤고

그날 옥수수 칼에 얼굴 가득 칼자국이 그어졌다

가끔 내 머리를 쓰다듬어 주며

맛난 과자도 사 주던 금순 언니

이후로 언니는 내 머리를 쓰다듬어 주지 않았다

나도 언니와 눈을 마주치지 못했다

그해 여름, 뱀 무덤 앞에서

빼앗긴 하루를 숯불처럼 기억하다

학교가 끝나고 집으로 가고 있다
고갯마루까지 왔을 때 사내아이 서넛 북적대며 따라온다
가장 키 큰아이가 팔을 잡아당기고
몇 개의 주먹이 공중에 얼비친다
하늘은 흔들렸고 바람은 욱신거렸다
한 아이가 가방을 낚아채어 쌩쌩 돌렸고
훌떡 날아가 높은 소나무 가지에 매달렸다
책과 연필과 공책이 산비탈 아래 통째로 나동그라졌다
아이들 히히덕거리며 고개 너머로 가버리고
가방은 산비탈 아래 끄트머리에 걸려있다
가시에 찔리고 긁히며 흩어진
책과 공책과 몽당연필을 주워 담았다
소나무 아래 주저앉아 한참을 울었다
학교에서 사내아이들에게 지지 않고 대거리하던
가난한 집 조그맣던 까만 여자아이다
해가 둥싯거리며 넘어가고 있다
그때 수풀 사이 숨은 몽당연필 꼭 내 손가락들 같아
어딘가에서 싹을 틔워 키 큰 나무로 자라고 있지 않을까
숯불처럼 환한 빛으로 타고 있을 덤불 속 작은 몽당연필들
기다리고 있을까, 그 까만 여자아이를

세상에서 가장 맛있던 배

엄마는 제삿날 이틀 전 시장을 보셨다
어두컴컴한 유다락 소쿠리에 사과 배 가득했다
그 단단한 육즙들 어둠 속에 담금질 치고 있었다
몇 계단만 오르면 손닿는 거기가 종일 머릿속 가득
백 년같이 길던 하루가 가고 나는 결행한 것이다
유다락 문고리 열어젖히고 계단을 올라
탐스러운 배를 두 손 가득 부여잡고 만지고 또 만지고
쓰다듬다가 눈 딱 감고 한 입 베어 물었다
온몸으로 퍼지던 아 달디 단 과즙이여―
이빨 자국 난 배를 엎어놓고 내려왔다
그날 밤 이빨 자국 찍힌 배를 발견한 엄마
제사 끝난 그 자정에 언니 동생들까지
종아리 가득 싸리 빗자루 자죽 환하게 빛났다
배즙 같은 눈물 뚝뚝 떨어질 때
미안하게 나만 알던 그 단맛

숲이 길을 물어

숲이 길을 물어 예까지 내려왔네
산 넘고 물 건너 사람의 마을까지
땅들은 봄기운에 취해 마구 질척거리고
발걸음은 무거워 비척비척 걸었는데
사람들 나무들과 마주하지 못하고
안개 속에 희미하게 잠기어 있네

물이 길을 물어 예까지 내려왔네
잎들 스치고, 겨울 찌든 머리카락들
올올이 풀어 씻겨주고 빗겨 주면서
차가운 가슴 풀어헤치며
풍덩풍덩 첨벙이며 걸어왔는데
사람들 물결 속에 젖어 들지 못하고
어둠 속에 고요하게 잠기어 있네

밤 주우러 가서는

땀 흘리며 언덕배기 밤나무 아래서니
밤 떨어지는 소리 툭 툭 투둑투둑

언니들은 소리치며 밤 줍는데
와 시원한 바람이다
두 팔을 날개처럼 펼친다
저절로 고개가 들린다
나뭇잎 사이로 새파란 하늘이
빛으로 부서진다
웃음이 실실 나온다
등허리 땀이 들어간다

쟤는 밤 주우러 와서 왜 저래,
언니들이 한마디씩 하는데도

나는 바람을 타고

나는 나뭇잎 사이로

나는 웃음이 되어

툭 툭 투둑투둑

리듬이 되어 나는

오래전 아이처럼 이리저리 움직인다

제3부

타인이라는 새로움

불부처

아궁이로 불이 휘말려 들어간다
부뚜막은 따끈하게 달아오르고 가마솥 물 끓는다
김이 천정까지 올라갔다가 아래로 내리깔리는데
불 앞에 철퍼덕 앉아 있는 엄마 얼굴
잠깐 불부처 같았다
밤새 불기 머금고 새벽 오시게 하던 품

그해 여름, 뱀 무덤 앞에서

늦가을 사과나무

딸이 욕실에서 죽은 지 두 주일째였다
치매 걸린 노모는 딸이 그저 자는 줄로만 생각하고
이불을 끌어다 덮어 주었다
밥도 먹이고 양말도 신겨 주었다
노모는 점점 배가 고팠다
노모의 뇌는 15년 전부터 기억을 잃어 갔지만
딸에 대한 기억만은 잃지 않았다

나무는 텅 비어 갈수록 사랑은 더 깊어져 간다
저 깊은 붉은 사과

삼촌의 첫사랑은

미국에 다녀오신 고모님이
우리 삼촌 신으라고 미제 가죽 구두를 사 오셨어
광택이 나는 아주 멋진 구두는
맞춤 구두처럼 너무나 잘 맞았대
친할머니는
"야야 몇 개월 있으면 추석인데 아꼈다가 추석 때 신어라" 하셨지
착한 삼촌은 그대로 장롱 선반에 올려놓고
아침저녁으로 올려보며 가죽구두 신을 날만 기다렸대
드디어 꿈에 그리던 추석이 온 거야
선반에서 꺼낸 구두는 더 멋지고 반짝거려 보였는데
아뿔싸 그새 발이 커져서 들어가지 않았대
삼촌은 가죽구두를 끌어안고 엉엉 울었고
그때부터래, 삼촌이 할머니를 미워한 건
고이고이 모셔두었다가 지나쳐 버린 줄도 모르고 너무 멀리 가 버린

삼촌의 첫사랑은 그런 거였대

꿈꾸는 이발소

　어미돼지 젖통이 위로 아기 돼지들 꼬물꼬물 젖 빠는 그림이
걸려 있었다
　액자는 시간의 때에 절어 더러웠고 군데군데 파리똥이 가득했다
　벽에는 '푸시킨의 삶이 그대를 속일지라도'로 시작하는 시가
걸려 있었다
　무수히 가시 돋친 턱 위로 허연 거품은 잠시 부풀었다가 수
백 개의 뿌리로 베어졌다
　풍요와 철학이 알맞게 버무려진 무대
　아비는 네 남매를 위해 수많은 면도날로 꿈을 그렸다

이발소 한쪽에 화선지가 가득했다
가죽 혁대에 면도날을 갈면 아버지 꿈도 반쯤은 베어졌다
향긋한 먹 냄새가 비누 냄새와 엉켰다
아버지의 꿈이 똬리처럼 이발소 한쪽에 매여 있었다
먹물처럼 풀어지는 어둠 속에서 아버지 꿈은 항상 젊어졌다
나는 아버지의 꿈을 빌려 묵은 빚을 청산했다
화선지 먹물 속으로 학 한 마리가 날아올랐다

초강리 저녁놀

충북 영동군 심천면 초강리 351번지
푸른 하늘빛 강줄기 따라 걷다가
쉬어가기 딱 좋은 곳에 초강 이발관이 있었더래요
젊은 아버지 이발사로 한창때
솜씨 좋은 가위질에 점심때도 없이
집 안마당으로 이어지는 이발소 뒷문에서
뜨거운 국수 말아 젊은 엄마 들고 기다렸고
손님 없는 틈을 타 아버지는 뜨거운 국수를
마시듯 들이켜고 다시 일을 하셨더래요
젊은 엄마 아버지 넉넉한 미래였던 초강 이발관
가위질 느슨해진 어느 해 겨울
동네 친구들과 거나하게 술 드시다가
피를 토하고 쓰러지셨는데요
젊은 날 들이키듯 먹던 국숫발에 얇아진 위벽
아, 천공이라나 뭐라나 구멍이 난 거래요
초강, 깊은 내 푸른 강이 하늘빛 조금이라도 더 담으려다
쨍하고 갈라지며 붉은빛 마구 쏟아내던 저녁 무렵이었다지요

그해 여름, 뱀 무덤 앞에서

불두화 필 때

옆집에 잠시 살던 그 아이는 서울서 왔다고 했다
긴 머리에 목련 빛 스웨터를 입은 게 꼭 공주 같았다
가끔 담장에 핀 불두화 사이로 하얀 얼굴을 내밀며 햅긋햅긋 웃었다
큰 형부는 내가 한 번도 먹어 보지 못한 과자를 그 아이에게 주었다
나는 한 번도 먹어 보지 못한 과자를 왜 멀리서 온 아이한테만 주었을까
궁금했지만, 물어보지 못했다 그저 나는 그 아이가 부러웠고
과자가 먹고 싶었을 뿐, 그 아이는 다시 서울로 갔다
담장에 불두화가 필 때마다 그 아이가 웃던 모습 생각난다
하얗게 불두화 필 때 가만 가슴이 아려왔다

줄바둑 두는 아이

그 애는 늘 줄바둑을 두었다
누구와 겨루더라도,
바둑반 반장과도 겨뤄 한 번 이겼다
두 번째로 잘 두는 나와도 겨뤄 한 번 이겼다
반장은 그 애한테 진 걸 용납하기 싫었다
줄바둑에 졌다는 건 더더욱,
학교가 끝난 오후 반장과 나는 그 애를 가로막았다
"야, 신은영 너 자꾸 줄바둑 둘겨?"
"내 맘이다"
"이게?"
반장이 한 방 날려 때려눕혔다
그 애는 울면서 집에 갔고
얼마간은 줄바둑을 두지 않았다
얼마 가지 않아 그 애는 다시 줄바둑을 두었다
반장도 나도 아무 말도 하지 않았다

그 애한테 줄바둑은 길을 잃지 않는
그 애만의 독특한 생존법이었나 보다

필사적으로 시(詩)로 가면서

태어나 처음으로 서울에 가게 되었다
입고 갈 옷이 없다
앞집 용선이는 하늘색 바탕에
빨강 땡땡이가 있는 새 옷이 있다
옷을 빌려 달라니 절대 안 된다고 한다
그저께 내린 비로 진창 된 용선네 집 뒤꼍에서
엎치락덮치락 죽도록 싸웠다
종중 제사를 앞둔 날 전과 부침개를
부치느라 기름 냄새 진동했는데
그 애와 나의 피투성이 된 얼굴 위로
부침개 닮은 희뿌연 하늘이 펼쳐졌다
일곱 살배기 계집아이는 담장 앞에서
빨강 땡땡이 솜털 잠바를 입고 웃었다
이제 나는 그렇게 필사적으로 싸우지 못한다
처음 시(詩)를 찾아가면서도 그게 서러워 운다

눈물이 뚝뚝 떨어지다

엄마 도우러 고추밭 매다가 날이 저물었다
집으로 돌아왔는데 밤새 남은 풀이 눈에 아른거렸다
다음날 학교 가서도 풀 매다 만 밭이 아른거렸다
학교에서 돌아오자마자 혼자 호미 들고 가 풀을 맸다

갑자기 소나기 쏟아지는데도
조금만 더 조금만 더 하다가
비를 쫄딱 맞으며 집으로 왔다
마당에 들어서니 대청이 시끌벅적
옥수수 찐 냄새 진동하고 식구들 웃음꽃인데

비 맞은 생쥐
빗물 뚝뚝 떨어지는 호멩이 들고 서서
막 울었다

40년 지기들과 만나 그 이야기 하는데
갑자기 눈물이 쏟아졌다

그 할머니, 밤실댁

밤실댁은 젊어 청상과부 되어 아들 하나 있는 거 농사짓고 소 키워 의사 만들어 놨다고 좋아했다 첫 손자 보는 날 며느리란 여자, 병원에서 몸 풀고 집에 왔는데 첫 손자 보는 기쁨에 모든 게 좋았다 콩이며 팥이며 채소며 바리바리 싸가지고 가 며느리 산후조리 뒷바라지 자청했다 들기름에 미역 넣고 한 솥 그득하게 끓여 며느리 애 낳느라 고생했다 하며 퍼 줄라 하는데 속옷 바람에 주방으로 쫓아 와 그 더러운 손으로 만든 이 드러운 걸 나한테 먹으라고 하냐며 싱크대에 확 쏟아 버렸단다 밭일, 논일에 손톱 밑 개흙이 껴 시커먼 걸 알 턱이 없겠지만 집으로 돌아온 밤실댁 식음을 전폐하고 앓아누웠고 자식은 한 번도 와 보지 않더란다 동네 이장이 아들한테 전화해니 엄마 다 죽어 가는데 한번 와 보지 않더냐? 하니 한 번 왔다 가고 밤실댁은 바로 저세상으로 가셨다 마을 사람들 두고 두고 억울해했다

생선 장수 아줌마와 술주정뱅이 남편

　어릴 적 앞집엔 술주정뱅이 아저씨와 생선 장수 아줌마가 살
았다
　함지박 가득 생선을 이고 이 동네 저 동네 다니며
　생선을 필던 아줌마 몸에선 늘 생선 싼 내 비린내가 났다
　아저씨는 술만 먹으면 아줌마를 때렸는데 그때마다
　"순복이 엄마, 나 좀 살려 줘유"
　하며 우리 집에 숨어들었다
　큰아들은 커서 철공소에 들어가 철공소 사장이 되었다
　어느 날 자기네 엄마랑 동생들 셋을 몽땅 데리고 집을 나갔다
　아저씨는 혼자 불을 때고 밥을 해 먹었다
　식구들은 아주 가끔 먹을 걸 사 들고 아저씨를 보러왔다
　여전히 아저씨는 술을 드셨지만, 맞아줄 마누라와 말려줄
자식들이 없었다
　우리 엄마는 가끔 밥과 국을 퍼 날랐지만, 아저씨는 거의 드
시지 않았다

가끔 심부름으로 내가 가져다드리곤 했는데 쓸쓸하게 웃었다

꽁꽁 언 어느 겨울 아저씨는 죽은 채로 누워 있었다

아줌마는 햇볕 잘 드는 곳에 묘지를 썼다며 좋아했다

아저씨가 먹다 남은 술병만 마당 위에 뒹굴었다

물꼬 보는 여자

모내기 철이다
너른 논 벌판 물 대기 분주하다
시내 옥탑방에서 뜨거운 햇볕에 쫓기고
읍내서 머물다 시골 폐가에 살림을 부렸다
임대로 얻은 서 마지기 논에 아침저녁으로 눈도장 찍는다
봄 가뭄에 논둑은 바싹 마르고 망초 대공은 듬성듬성 푸르다
개미들 집짓기하고 축축한 진흙 속 지네들 기어다닌다
어디로 새는지 모르게 물이 자브라들어
논둑 터진 곳 있나 뚫어지게 쏘아보아도 도통 알 수 없는데
두더지는 밤낮으로 굴을 파는지 논둑 흙더미가 붕긋하다
뺄*은 아낙처럼 부글거린다
비 제법 내리고 햇볕 속에서 한참 발효 중,
어린 모들은 꾸르륵거리며 하늘을 향해 병아리 입을 쭈뼛거린다
여전히 물꼬 보는 중,
논 그늘에 비친 아낙 얼굴이 구름에 걸려 샐쭉하다

---

* 뺄 : 펄의 충청도 말

그대를 보내 놓고

사랑하던 당신 강물에 꽃잎처럼 뿌리고 온 밤
강물이 저 홀로 따라왔다
하늘은 높푸르고 바람은 물결 따라
내 눈 속에 가슴속에 목젖까지 젖어 온다

사랑하던 당신 바람 속에 묻고 오던 날
당신의 체취와 온기가 남아 있는 빈 옷가지에 불을 놓는다
불꽃 속 피어오르는 당신 향기와 넋이
꽃씨 되어 하늘가로 솟아오른다

눈물이 지면 가슴속에서는 달이 뜨는가
그대 고운 눈매 위로 햇살이 피어난다
거기 하늘가 그 언덕 위
코스모스 흐드러지게 피어있고
내 푸른 울음 붉게 붉게 꽃으로 피었는가

그 여자

그날 밤 사랑방엔 발간 불 새어 나오고
아버지 옥색 공단 저고리 입고
검은 머리 반듯하게 가르마 내어 앉아계셨네
뜨락엔 수런대는 사람들로 넘쳐나고
엄마는 무표정한 타인처럼 말이 없었네

불 밝힌 마루 위엔 젊고 낯선 여자 하나
다소곳이 고개 수그리고 앉아 있었네
초점 없는 눈 뜨지 못하고 깜박이던 여자
살이 퉁퉁하게 올라 하얗던 여자
둥그런 얼굴 가득 주근깨가 소복하던 여자
연지곤지 찍고 녹색 저고리 붉은 치마 입은 여자
사랑방까지 한 걸음 두 걸음 옮기던 그 여자
우툴두툴 점자 성경책 읽던 그 여자

다음 날 하늘은 시퍼렇게 살 오르고
햇살은 옻나무 사이 걸려 부질없이 수런댈 때
낯선 남자 하나 신발 신은 채 마루로 들어서고
망측스러운 욕지거리 온 집안 가득 튀었네
"가자 이년아, 누가 니한테 이 짓거리 하락했누"

오빠라고 하는 남자 손에 잡혀 끌려 나오던 그 여자
손에는 여전히 우툴두툴 점자책 쥐고
가늘게 뜬 눈 사이로 새어 나오던 물빛 물빛

1953년생 쑥부쟁이

언니는 풀죽을 쑤어 먹고
송홧가루 흩날리는 언덕 아래서
산발한 구름 물결치는 샘물 아래서
할머니 비녀 같은 고사리를 꺾고
축축한 이끼 아래 버섯을 따다가
소나무 그늘에 누워 잠을 잔다

철쭉은 군데군데 피어오르고
며칠 굶은 입술은 파리하고
진달래잎을 따서 허기를 달랜다
학교도 못 가고 아기를 보고
아기를 업고 나물을 뜯는다
가마솥에 물 지어 나르고
터진 손등으로 아궁이 불을 지핀다

갈참나무 이파리 수북이 쌓인 곳
매에 짓이겨진 뱀의 허물이
거미줄처럼 엉겨 붙어
흐르는 바람에 하늘거린다

가난한 삶은 구름이 된다
굶주림은 죽음의 무늬가 된다
노을 속에는 세상과 이별한 먼지들 수북하고

타오르는 아궁이 불빛만큼이나 먹어도 먹어도 배고프고
울어도 울어도 자꾸 목울대는 꺽꺽대고
먼 산을 보면 자꾸만 울먹이는

매화는 못 보고 줄 서다 왔네

섬진강에 매화 보러 갔더니
매화 축제와 맞물렸다
매화는 거의 지고 사람들만 인산인해다
매화 구경 못 해 아쉬워
화개장터 벚꽃 구경 갔더니
거기도 벚꽃축제다
흐드러진 꽃보다 사람들로 물결친다

화개장터 차 세우고
화장실 들려보니
손가락에 꼽을 만큼 있는 화장실마다
나래비로 줄 서 있다

그나마 몇 안 되는 남자 화장실마저 여자들이 섭렵하고 보니
남자들 화장실 들어가다 말고 앞에서 뻘쭘 서 있다

용기 낸 남자 몇 남자 화장실 아니요? 따져 묻는데
아주머니들 왈
남자들은 온 사방이 화장실인데 뭐가 문제예요?
하며 다른 데 가서 일 봐도 되니

얼른 나가라 하며 내쫓는다
아주머니들 등쌀에 쫓겨난 것이 당연한 게 됐다

보건소 화장실과 학교 화장실은 폐쇄되어 사용금지다
사람들 전화기를 들어 민원콜센터로 전화해
흥분된 소리로 화장실 누가 잠가 놨냐고 따져 묻고

그사이에 벚꽃잎은 바람결에 흐드러지고
길게 줄 선 사람들 진저리 치며 벚꽃 보며 한숨 진다

사랑을 덧입었네

어이하나 사랑을 덧입었네
하늘같이 푸른 사랑
오디 같이 오디 같이 검붉은 사랑
신록은 등짐 지고 산을 타 넘어 내려오고
냇물은 머리 감고 자갈돌 머금었어라

어이하나 나는 사랑을 덧입었네
하늘빛이 고운 날 우리 님과 입 맞추고
콩당콩당 뛰는 가슴 어쩌지 못하였네
하늘은 오늘 이만큼 한 사랑 일러주고
오래고 오랜 약속 하였네

사랑이 이토록 구원이 될 줄
내 미처 알지 못하였건만
천번 만번 지워지지 않을 약속
이 가슴, 문 꼭 걸어 잠갔네

그해 여름, 뱀 무덤 앞에서

제4부

이맘때쯤에는

봄밤

벚꽃 분분하게 떨어지는 봄밤이야
벚꽃잎 바람 따라 어디로든 가고
이지러지고 흩어지며 하수구 속으로 스며들지
사람들 발밑에서 밟히고 으께어지지

술 한잔하고 싶은 봄밤이야
술 한잔에 몸은 낭창낭창 흐드러져서
얼굴은 한없이 달아올라서 날바닥에 누워도 상관없을 것 같아
하늘은 푸른빛으로 감돌고 지천엔 수천의 꽃잎들
수런거리는 발목들 먼지를 폴폴 일으키며 나부대는데

바람에 한껏 부풀고 싶은 봄밤이야
어둠을 뚫고 스멀스멀 봄기운은 내 호흡 속으로 들어오지
스산한 이 기운마저 좋은 건 뭘까

꽃잎 속에 스며든 저 봄의 색깔을 보아
사랑의 뜨거움으로 폭발한 저 꽃들을 보아
얼마나 참았길래 여기저기서 팡팡 터지는 걸까

간지럼으로 끝나지 않아
미친 듯이 웃어 재끼는 거지
초록으로 팔락팔락대는 잎사귀들
그리고 다중적인 봄꽃들

맞아 너는 나고 나는 너야
우리는 바닥에서 한 몸이었다가 이렇게 제각각으로 춤추는 거지
공중에 나를 내놓을 때 얼마나 설레고 떨렸는지 알아?

다행히 바람이 표나지 않게 흔들어 주었어
아, 별빛마저도 달콤한 달빛마저도 새침한
붉게 물들어 널브러지고 싶은 그런 봄밤이야

그 미루나무 숲은

여름날 바람은 어디로 가나
미루나무잎 가지 끝으로 모이지
연초록색 잎들은 햇볕 속에서 반짝이고 구름 속에서 꿈을 꾸지
수천 개 ♥잎은 사랑을 이루지 못한 사람들의 퍼런 가슴

엷은 바람에도 날랜 잎들은 가벼이 하늘을 날지
펄쩍 날아오르며 입 맞추고 배시시 웃으며 노래하지
어린 날 모래 언덕 위 미루나무숲에서 하염없이 놀았지
햇볕을 받아 하늘거리는 잎은 하늘나라 물고기처럼 팔딱였지
모래 언덕을 뛰어내리던 푸른빛의 종자들을 사랑스럽게 쳐다보았지

그때도 생각했어 미루나무 잎은 왜 ♥모양일까
그대와 내가 서로의 곁을 맴돌 때 미루나무 숲은 더 환하게 빛났어
푸르르푸르르 빛을 뿜어댈 때 내 심장마저 설레었는지 몰라
온통 사랑의 수다로 가득한 연인들의 잎, 입

미루나무숲, 푸른빛 도는 손바닥

그해 여름, 뱀 무덤 앞에서

소만(小滿)

아까시꽃 지고 찔레꽃 피고 뻐꾸기 운다
아침에 울고 점심에 울고 두고두고 운다
뻐꾸기 소리에 햇볕은 더 반짝이고
둔덕에 찔레꽃 하얗게 빛난다
모내기 철이다
논물 속 하늘이 그득하다
뻘 속에 물렁물렁한 구름이 흐른다
농부의 삽날에 흙이 묻어 있다
가끔 개구리 한두 마리 논둑을 오고 간다
미꾸라지 몇 마리 개흙 속에 숨어들고
짝 찾는 우렁이 논물 속을 거닌다
뽕나무 잎사귀 바람 속에 흔들리며 오디가 익어간다
하늘 한 켠, 달 같은 마음 하나 걸려 있다

어떤 풍요 1

　고개 너머로 꼴 지고 오는 아버지 보일락 말락

　해는 똥구멍을 어디다 감추고 아버지 머리카락에 붉은 물을
들이나

　미루나무 파르란 잎새 빛을 머금고 구름 사이로 팔락팔락

　아이는 소를 맨 줄을 잡고 해거름에 흙먼지 날리는 길 위로
터벅터벅 걷는다

　흙길 위에 더러는 소똥 하나둘 질경이 이파리는 뜯기어지고

　에애엥 앵앵 쇠파리는 똥 묻은 소 엉덩짝에 붙어 떨어질 줄
모른다

그해 여름, 뱀 무덤 앞에서

'괄세마라 괄세마라 괄세를 마라'

햇살에 쉬어 터진 흙빛 얼굴로 아버지는 연신 목청을 돋운다

아버지 어깨 위에 소 꼴이 가득 산모롱이 위에서 풀을 뜯다 돌아온

우리 소 배도 불룩하다

붉은 함지박에 허연 쌀뜨물 가득

더러 베어진 무 조각 열무 이파리 몇 둥둥 떠다닌다

산모롱이 돌며 푸른 풀만 뜯던 소는

짚신 같은 혀를 내둘러 구정물 시원하게 들이켠다

어떤 풍요 2

가을 들어 우리 할머니 할아버지 묻힌 잿말랭이 노릇노릇 익어가면 마을 종(鐘)이 걸린 꼭대기부터 과수원 길 아래까지 미끄럼을 탔다 엉덩방아 찧을라치면 할머니 무덤이 막아주고 옆으로 미끄러지면 작은 둔덕이 안아주었디 성학이 오빠는 찌그러진 눈을 찌글찌글하며 침도 더러 흘려가며 실룩거리며 내려왔다 언덕은 물결치는 노란 바다 온몸에 누런 잔디와 검불이 묻었지만 아무렇지 않았다 해지는 게 두렵지 않았다

　　　　　　　　　　　　　　　그해 여름, 뱀 무덤 앞에서

말랑말랑한 논바닥 위에 집채만 한 짚가리가 쌓이면 먼발 치서부터 뜀박질하며 올라갔다 짚가리 위에서 풀쩍 뛸 때마다 머리카락은 하늘을 향해 온통 날리고 햇볕을 받은 아이들 웃음이 발갛게 빛났다 웃음소리가 공중 속으로 타앙타앙 솟구 쳤다 노을이 울멍울멍 구름 속에 스미고 산자락 나무들을 감싸 안았다 어느새 어둠 까맣게 휘돌면 발끝을 더듬더듬 집으로 향했다 저만치 흐르는 불빛을 따라 밥 냄새가 몽글몽글 흘러나왔다

어떤 풍요 3

언덕을 넘어오는 바람은
우리 집 할아버지 무덤을 넘어
뒷짐 진 채 마을 앞에 와 주억거리며
오백 년 묵은 느티나무에 머물다 가고
백 년 넘은 우물가도 들여다보고 가지요
할아버지 할머니 누운 종산을 넘어
논밭 구름을 넘어 오래된 사람들 희끗희끗한 머리 위에
앞산 평지밭 푸른 배추 이파리 끝까지 불어오지요

환대산* 꼭대기 용바위 쪽 바위에
구름이 찍어 놓은 발자국 위에
나날이 전설이 흘러갔지요
냇물엔 송사리 떼들 오글거리며
자갈돌 사이로 헤엄을 치고
허리 굵은 미루나무들 줄지어 선 언덕 아래
풀꽃은 피어 흥얼댔어요

---

*   환대산 : 청주시 청원구 북이면 추학리에 있는 산

비탈진 산 위 힘겹게 서 있는 나무들
하늘을 향해 손을 잔뜩 그러쥐고
한 무더기 흙과 모래
나무뿌리에 뒤엉켜 한 생을 살고 있나니
우린 한 몸이었는지 몰라요

달은 지고 해는 뜨지요
어린 날 엄마를 찾아 뜨락을 맴돌던
그 순한 눈동자는 어디로 갔나요
오래전 잊었던 노래, 져 버린 사랑
나 모르게 내 발밑에서 죽어갔던 이름 모를
풀잎과 벌레들을 위해
푸른 단풍 사이 착한 사람들의 티 없는 웃음
햇살을 뚫고 터져 오르네요

상강(霜降) 무렵

가을걷이 때 아낙은 만삭이었다

예정일을 일주일이나 넘겼다

들판은 납작하게 누우며 빛을 잃어갔다

한낮의 볕을 쏘이는 넝쿨 풀 가지에

성냥을 그어대면 확 불이 일 것 같았다

촉진제를 맞기 위해 자리에 누웠다

들판 위로 햇볕은 낮게 쏘아붙였다

콩깍지를 분지르는 늙은이의 손이 한결 거칠었다

머릿수건에 갈고리 모양 엉겅퀴 씨앗이 담뿍 붙었다

새벽 아기는 우렁차게 첫울음을 터뜨렸다

홀쭉해진 벌판에 서리가 빛났다

그해 여름, 뱀 무덤 앞에서

눈 오는 날

우리 집 허리께까지 눈 쌓인 날
온 동네 아이들 마당에 모였다
가위바위보로 패를 나눠 눈싸움 벌인다
한 아이는 눈만 뭉친다
한 아이는 세숫대야에 눈만 옮긴다
한 아이는 눈만 던진다
상대 패거리들 눈 하나씩 뭉쳐 우리 패에 날린다
나는 눈 뭉치를 속사포처럼 던진다
그 사이 세숫대야에 눈 뭉치가 가득 담겨 온다
마당 가득 즐거운 눈사태다
그 사이 몇몇 아이 광에 숨고 장독대에 숨고
눈싸움이 숨바꼭질 되어
떠들썩한 시장 같던 마당에 적막이 찾아온다
해는 기울고 어둑해지는데 우리들의 몸은
더 뜨겁고 밝은 것으로 차올랐다

외발지기 별

비 온 다음 날은 우물물이 더 맑았다
맑아서 찰랑거렸다
그런 밤이면 우물 속엔 외발지기 별이 떴다
사랑하는 이를 구하다 다리를 힛디며 외발 지기가 된 별이었다
외발지기 별이라서 더 좋았다
외발 지기별이라서 더 반짝거렸다

다른 별들은 밤새 수런거렸다
종일 흙에 파묻혀 곤죽이 된 늙은 부부의
코 고는 소리가 수런거림 속에 환했다
밤새 담배꽃은 한 뼘 더 자랐다
물기 가득 먹고 더 누런 잎이 되었다
고단한 별들은 흙 속에 숨어 잠을 잤다
별들의 코 고는 소리가 늙은 부부의 코 고는 소리와 화음을
이루었다
아이는 자라 더 큰 별이 되고 어른은 자라 하늘로 흘러간다

그해 여름, 뱀 무덤 앞에서

죽음은 한때 허연 달로 검은 하늘에 누웠으나

삶은 행성과 행성 사이를 별이 되어 떠돌았다

가장 사랑하는 사람의 말만을 귀담아들으려고 달팽이는 몸
을 말았다

한 바가지 마중물이 짙고 검은 물 끌어올리듯

사랑이란 말은 땅에서 하늘까지 날아올랐다

외발지기 별, 네가 별이라서 외발 지기라서 다행이다

외로움을 온몸으로 받치고 있는 사랑별

봄 그리고 꽃

먼바다로부터 별들이 걸어왔다
세상은 거대한 나무가 내어준 빛의 떨림으로 가득했다
하얗게 부려진 꽃잎들은 사람들을 향해 이렇게 말하는 것 같았다
'가시리 가시리잇고 날 바리고 가시리잇고'*

봄이 왔다고 꽃이 피었다고
서천서역국** 시약산물을 떠와야 한다고
봄꽃을 닮은 버리덕이가 중얼거린다
버리덕이는 봄꽃 길을 지나 서천서역국으로 떠나고
시약산물은 바닥이 났는지 버리덕이는 안 돌아오고

봄이 왔다고 꽃이 피었다고
날 좀 보라고
기적 끝에 이렇게 살아 돌아왔다고

---

* 고려가요 〈가시리〉중 일부
** 〈버리덕이〉에서 버리덕이가 아버지 드릴 약물을 뜨러 간 곳

꽃잎은 종일 머리를 산발한 채

수챗구멍 가득 몰려들고 아스팔트 길에 파편으로 흩어지고

봄이 다 가도록 드글드글 끓는 계절이 다 가도록

꽃들은 이렇게 개들처럼 짖어대고

사람들은 그 '소리 없는 아우성'*을 외면하고

봄이 왔다고 꽃이 피었다고

목숨값을 다하지 못한 바다는 잔인한 사월의 한가운데서 울어대고

구름마저 꽃잎의 모양을 하고 살풀이춤 거나하게 추는 봄의 한가운데서

---

*   유치환의 시 「깃발」 중 일부

국수와 자전거

아버지가 타시던 바람 빠진 자전거로 혼자 배웠네
비틀비틀 풀밭에 처박히고 외줄 타기 하는 광대처럼 재재거리다가
담벼락에 몸을 맡기기도 했지
제법 혼자 익힌 솜씨로 엄마 심부름 긴 날
다리를 땅끝까지 늘이며 뻐대며 읍내 국숫집에 갔지
울퉁불퉁 길을 지나 집으로 간다
국수는 짐칸에 잘 묶여 있다
내리막길이다 신이 난다
다다다다
뭉클, 공중에 매달린다, 떨어진다, 처박힌다, 물이 솟구친다
모심으려고 또기치고* 물 대 놓은 5월
국숫발 허옇게 부서지며
흰 바지와 초록 티셔츠 검게 물든다

아, 그렇게 가슴 부풀었던 적 처음이었는데
아, 그렇게 망연했던 적 처음이었네

---

* 또기치고 : 써래질 한 것, 즉 모심으려고 판판하게 논을 다져 놓은 것

시란 이런 것이다.

서사만으로도 서정의 냄새를 풍기며 당시 풍경과 상황을
알리는 단어만으로도 시의 맛과 풍미가 느껴져야 한다.
그런데 요즘 시를 쓴다는 사람들의 발표하는 시를 보면 대
중성에 음흉하게 발을 살짝 담가 수준이 떨어져 맛대가리
가 없거나 도무지 암호처럼 풀 수 없는 스토리를 늘어놓아
팍 집어던지고 싶어진다.

오랫동안 시를 써 왔지만 묶으려니 졸작들뿐인 것 같다.

시의 언어는 팔딱대거나 헐떡대거나 가슴이 눅눅해지거나

머리가 저릿해지지 않는다면 좋은 시라고 할 수 없을 것이다.

첫 시집 63편 중 헐떡대고 팔딱대고 누릿누릿하게 저릿하

게 삶의 냄새 풍기는 시가 몇 있어 그나마 위로가 된다.

유민채

해설 · 감상글

1. 다하는 생은 다시 돌아오나니

— 오철수 (문학평론가, 시인)

검정 고무신을 신었다
아침부터 저녁까지 봄부터 겨울까지 내내 신었다
한여름엔 때꾸정물이 줄줄 흘러 자꾸만 벗겨졌다
발바닥에 고운 흙을 묻혀 걸었다
송사리 잡아 가득 담았다
코를 뒤집어 모래 위에서 한나절을 놀았다
코스모스 위에 앉은 꿀벌을 낚아채 패대기치면
꿀벌은 한동안 정신을 못 차리고 비틀거렸다
그게 너무 재미있어서 잡고 놓아주고 혼자 웃었다
오래 신어 작아지면 뒤꿈치를 잘라내 밑창이
드러날 때까지 슬리퍼로 신다가
쇠죽 쑤는 불 속에 던져졌다

불이 붙는다, 신작로에 풀밭에 모래밭에―

검은 그름을 내며 불꽃이 흔들리다가

순식간에 오그라져 재가 되었다

언제부턴가 코스모스길 걷다 보면

검정 고무신 자박자박 걸어 나올 것만 같았다

검정 고무신

시를 감상하기 전에 아주 사소한 소감 하나부터 말하겠습니다. 저는 이 시를 읽으며 너무 생생하다고 생각했습니다. 그 생생함이 내 몸속에서 마구 살아서 돌아다닙니다. 사십 년을 훌쩍 넘게 내 안에 침묵으로 갇혀 있던 아이를 살려내서 휘젓고 다니게 합니다. 곰곰이 생각해 보니 그 아이는 나에 의해 결박당한 채 나의 감옥 속에 있었던 것입니다. 내 몸 이성(Leibvernuft)으로 살아 있지 못하고 단절된 시간의 감옥 속에 갇혀 있었던 것입니다. 그래서 그 아이를 불러낼 수 있던 이 순간은 엄청난 축제의 시간이었습니다. 일단 그런 좋은 시간을 선물해 준 시인에게 고마운 마음입니다.

검정 고무신의 일생이 있습니다. 그리고 그 일생이 가히 거룩하다고 할 수 있습니다. 그런데 주의할 것은 보통의 거룩함으로 창조하는 관계입니다. 나에게 고무신이기 위해 그리고 고무신에게 나이기 위해 서로를 나눕니다.

서로를 소비하고 있는 것이 아니라 끝없이 변하며 생산하고 있습니다. 물고기를 담아 놓는 그릇이 되기도 하고(그러면 나는 물고기 잡는 아이이고) 벌 잡는 놀이도구가 되기도 하고(그러면 나는 벌 잡는 아이이고) 또 다른 순간에는 다른 기능이 되어 끊임없이 서로를 변화시키며 창조합니다. 어쩌면 그렇게 잘 변신하고 창조하는지 깜짝 놀랄 정도입니다. 그런데 곰곰이 생각해 보면 이 경직되고 늙은 몸뚱어리가 그전에는 그랬던 것 같습니다. 뭔가를 끊임없이 '만들고–되고–변화고'의 귀재들이었습니다. 따라서 더불어 있던 검정 고무신도 전혀 지루하지 않은, 코드화되지 않은, 고정되지 않은 삶을 살았습니다. 나와 고무신 사이에는 서로가 만나는 길이 엄청나게 많았습니다.

'너는 신발이야'라는 하나의 관계만 있었던 것이 아니라 수없이 많은 관계로 넘쳤습니다. 그러니 '거룩한 일생'이라고 불러도 나를 소외시키는 '거룩함'이 아니라 나를 더욱 빛내 주는 거룩함입니다. 서로가 한순간도 서로를 놓지 않습니다. "오래 신어 작아지면 뒤꿈치를 잘라내 밑창이/ 드러날 때까지 슬리퍼로 신다가/ 쇠죽 쑤는 불 속에 던져졌다." 그러니 죽음에 임에서도 다함에 대한 고마움입니다. 그것을 시인은 "불이 붙는다 신작로에 풀밭에 모래밭에–/ 검은 그름을 내며 불꽃이 흔들리다가 순식간에 오그라져 재가 되었다."로 표현합니다. 아낌없이 산 것입니다. 어디 한 곳에 아쉬움이 남아 머물 까닭이 없는 삶을 산 것입니다.

죽어 없어지는 순간에도 쇠죽 끓이는 불이 되니 더더욱 그렇습니다. 깨끗한 생이 된 것입니다. 깨끗한 생이게 함께 나눈 것입니다. 그래서 묘한 회귀의 체험을 하게 됩니다. "이상한 일은 언제부턴가 코스모스길 걷다 보면/ 검정 고무신 자박자박 걸어 나올 것만 같았다." 물론 이 체험은 검정 고무신의 마지막 모습인 '불꽃'과 코스모스 꽃들과의 겹침에서 생겨나는 감정 동화이겠지만, 남들이 알아주던 무관심하던 제 몫의 삶을 충실하게 살아가는 존재라는 의미에서 하나의 '불꽃'이 됩니다. 따라서 체험은 결국 나도 '그와 같은 생에 동감함'을 말하는 것입니다. 그렇게 거룩한 생에 자기를 깨끗하게 다 사는 것은 돌아오는 것입니다.

돌아와 나에게 말합니다. '너도 나와 같이 깨끗하게 다 사는 삶을 살아라' 그 아이는 이미 이런 생의 명령을 자기 몸으로 알았던 것입니다. 한데 세상이 변했습니다. 물질적 풍요(하지만 이 풍요는 우리의 후대를 착취한 우리의 미래를 착취하는 풍요일 뿐이다)를 누리고, 풍요에 젖어 '다함'의 명령을 잊고 '유용성'의 명령과만 삽니다. 깨끗이 다 사는 거룩한 생에 대한 관심이나 마음이나 삶은 찾아보기 힘든 세상이 되었습니다. 위의 시에서 보이듯 검정 고무신에 '다 하는 깨끗한 삶'이야말로 모든 창조가 나오던 생의 화수분이었던 것인데 그 화수분과 아이가 없어진 것입니다.

검정 고무신을 "쐬죽 쑤는 불 속에 던져졌다/ 불이 붙는다 신작로에 풀밭에 모래밭에─/ 검은 구름을 내며 불꽃이 흔들리다가/ 순식간에 오그라져" 사라지는 것을 보고 있는 아이가 수없이 돌아오는 세상이 된다면 얼마나 좋을까요?

2. 조밀한 시간의 마지막은 새로움의 탄생이다

가을걷이 때 아낙은 만삭이었다
예정일을 일주일이나 넘겼다
들판은 납작하게 누우며 빛을 잃어갔다
한낮의 볕을 쏘이는 넝쿨 풀 가지에
성냥을 그어대면 확 불이 일 것 같았다
촉진제를 맞기 위해 자리에 누웠다
들판 위로 햇볕은 낮게 쏘아붙였다
콩깍지를 분지르는 늙은이의 손이 한결 거칠었다
머릿수건에 갈고리 모양 엉겅퀴 씨앗이 담뿍 붙었다
새벽 아기는 우렁차게 첫울음을 터뜨렸다
홀쭉해진 벌판에 서리가 빛났다

상강(霜降) 무렵

시의 제목이 '상강 무렵'입니다. 잘 아시겠지만 서리 내리기 전에 가을걷이를 끝내야 합니다. 일손이 부족할 때이지요. 그래서 만삭의 아낙도 일을 했고, 가을걷이를 끝내고, 실제로 아이를 출산하게 됩니다. 그날 아침 "홀쭉해진 벌판에 서리가" 빛납니다. 그러니 이 시가 '상강에는 서리가 내린다'를 말하려고 쓴 것은 분명히 아닙니다. 오히려 그렇게 서리가 내리는 것의 의미를 표현하고자 한 것입니다. 실제로 가을걷이와 출산과 상강 무렵의 풍경이 어울리며 '상강 무렵'의 의미를 만들어 냅니다. 자, 그럼, 시인은 상강 무렵의 의미를 어떤 감흥으로 상황 풍경을 제시하여 표현합니까?

 ─ 장면 1 : "가을걷이 때 아낙은 만삭이었다/ 예정일을 일주일이나 넘겼다/ 들판은 납작하게 누우며 빛을 잃어갔다/ 한낮의 볕을 쏘이는 넝쿨 풀 가지에/ 성냥을 그어대면 확 불이 일 것 같았다". 논이 만삭입니다. 아낙도 예정일을 일주일이나 넘긴 만삭입니다. 들판의 풀들도 제 몫의 일 년 농사를 끝내고 저절로 섶이 죽고 빛을 잃어갑니다. 가을걷이가 끝나면 들판은 텅 빌 것입니다. 예정일보다 일주일이 늦은 출산이 끝나면 아낙의 배도 홀쭉해질 것입니다. 바야흐로 가을볕도 마지막 일을 합니다. 그래서 "한낮의 볕을 쏘이는 넝쿨 풀 가지에/ 성냥을 그어대면 확 불이 일 것 같았다"고 말합니다. 모든 것이 자기의 정점으로 향합니다. 정점을 향하여 최선을 다하듯 '조밀한 시간'을 이룹니다.

– 장면 2 : "아낙은 촉진제를 맞기 위해 자리에 누웠다/ 초록을 잃어가는 들판 위로 햇볕은 낮게 쏘아붙였다/ 콩깍지를 분지르는 늙은이의 손이 한결 거칠었다/ 머릿수건에 갈고리 모양 엉겅퀴 씨앗이 붙었다. 아마 가을걷이를 끝내고 아이를 낳기 위해 병원으로 왔나 봅니다. 분만의 시간도 밀도가 높은 조밀한 시간일 것입니다. 가을이 가기 전에 자기 일을 끝내려는 햇볕도 조밀한 시간일 것입니다. 아이의 신생을 바라며 기다리는 늙은이의 시간도 초조하고 밀도 높은 시간일 것입니다. 그것을 보겠다고 함께 온 엉겅퀴 씨앗의 시간도 조밀한 시간일 것입니다. 이 조밀한 시간이 그 정점으로 모여듭니다. 그게 바로 새 생명의 탄생입니다.

 – 장면 3 : "새벽 아기는 우렁차게 첫울음을 터뜨렸다/ 홀쭉해진 벌판에 서리가 빛났다". 조밀한 시간이 새 생명의 울음으로 변하여 첫 출현을 알립니다. 그날 새벽녘 "홀쭉해진 벌판에 서리가 빛났다"고 합니다. 찬 이슬이 서리로 바뀌는 상강은 이처럼 가을의 '조밀한 시간'이고, 조밀해지는 까닭은 출산과도 같은 가을걷이가 있기 때문입니다. 그런데 가을걷이가 끝나고, 또 출산이 끝나고 홀쭉해진 벌판에 서리가 내렸다 하니 순리대로 이루어진 것입니다.

이렇게 상강 무렵의 풍경과 가을걷이와 출산이라는 조밀한 시간이 하모니를 이루어 무사히 일을 마치고 축복처럼 첫서리가 내린 것입니다. 그래서 어떻게 표현합니까?

　－ 조밀한 시간의 긴장이 느껴지는 감흥으로, 가을걷이와 출산과 상강 무렵의 풍경이 하모니를 만들 수 있도록 보여 줍니다.

－ 오철수 (문학평론가, 시인)
1986년 〈민의〉를 통해 작품 활동 시작
1990년 제3회 전태일 문학상 수상
시 에세이 〈시로 읽는 니제〉, 시 창작 이론서 〈풍경을 시로 쓰기〉,
〈있었던 일 시로 쓰기〉 등, 시집 〈아주 오래된 사랑〉, 〈독수리처럼〉 등 출간

원시의 무늬로 세상을 수놓은 시인

– 배경은 (시인)

프롤로그

자연을 자신의 지문으로 알고 산 이가 있다. 사람의 마을에서 땅만을 생각하고 어릴 적 계절마다 만났던 바람과 함께 나이 든, 추학리 보건소 옆 느티나무 같은 사람의 이야기. 사람의 중심은 아픈 곳이기에 "비척이는 슬픔"에, "겨울 찌든 머리카락"을 빗겨주며 아픈 곳의 중심으로 걸어가는 사람.

1. 아끼고 사랑하는 마음을 담아

그녀에게서 전화가 왔다. 오랜만이다. 안부 전화가 아니란 건 그녀의 첫 목소리에서 감을 잡았고 어떤 부탁이든 거절할 수는 없겠다는 운명 같은 느낌으로 가슴이 벌렁거릴 즈음 그녀 왈, 곧 첫 시집이 나오는데 발문을 써달라는 거다. 단박에 숨도 안 쉬고 거절했다. 그러나 불행히도 지금 이 글을 읽고 있는 독자는 알 것이다. 결국 '거절 실패' 결과의 문장들이 아무리 달고 맛있다고 해도 이가 허물어져 가는 지천명의 나이엔 엄두도 못 내는 딱딱한 탕후루 먹기처럼 길거리에서 번쩍거리며 홀딱 벗고 있음을. 평론가도 아니고 시인이라고는 하나 하도 시(詩) 언덕의 오르막이 가팔라 시집 한 권 내지 못한 집 없는 떠돌이, 고작 그림책 서평 한 권을 낸 것이 전부인 나에게 도대체 왜 이런 엄청난 일을 맡기는지 지금도 이해할 수 없고 납득 할 수 없지만 본디 인간은 논리로 설득되지 않기에 그저 그녀를 사랑하고 아끼는 마음 하나로만 시작하겠다.

2. 온전한 '자기다움'으로 살다

우리 생엔 죽었다 깨어나도 이길 수 없는 한 가지가 있는데 생애 초기에 겪은 자연과의 교감의 기억이다. 혹자는 '촌스럽다'라든가 '냄새나는 시골'이라든가 혹은 '구질거려 기억도 안 나는 기억'으로 치부한다. 간혹 술안주 삼아 소싯적에 얼마나 가난하고 비루했는지 배틀이라도 할 때 자주 등장하는 촌년의 이야기. 하지만 '시인'의 완장을 차길 원하는 사람은 안다. 까무룩 꺼져있는 유년시절, 자연과 한몸이었던 경험의 힘과 어리고 때 묻지 않은 시선이 머물러 자연 구석구석에 묻어났던 시의 씨앗을 품은 사람은 시작부터 풍요로웠다는 걸. 그녀가 그렇다.

투박한 사투리 안에 느껴지는 절절한 애환, 하늘과 바람과 구름이 온통 자신을 위해서만 존재하는 것 같은 숱한 날을 휘감고 산 꼬물꼬물한 시간은 이렇게 뭉클하고 애틋한 시어로 재생산되었다. 어릴 적 함께 놀았던 자연에게 쓰는 연서 같기도 하고 지금을 살아가는 우리에게 담담한 첫사랑을 고백하는 착각도 있다.

　짐작하건대 시인에게 시는 그녀의 몸, 정수리 머리카락? 혹은 새끼발가락? 아니면 소나기 홀딱 맞은 어린 소녀의 귓불 끝에 떨어지는 물방울에서 따온 그림 같은 것이다. 자연과 더불어 살아가는 세상 모든 것이 그녀에게 손짓하며 자연의 방언을 불러주었을 것이다. 그녀는 그저 받아 적고 경외감에 사로잡혔을 것이다. 숙명적으로 시가 그녀에게 왔고 그녀는 시를 사랑했다.

　시인을 보고 있노라면 시(詩)라는 것은 추상의 어떤 잡히지 않는 현학적 개념이 아닌 따라다니며 시의 열매를 줍거나 따거나 담거나 하는 행위다. 그분(자연)은 언제나 시인에게 보여주기만 한다. 그리하여 "미루나무 ♥모양을 보고 가슴앓이하는 사람들의 심장임을" 알아채고 소만(小滿)의 감성을 놓치지 않으며 "햇볕 속에 발효 중인 비"와 "가을 노을빛에 물들어가며 얼굴 노래지는 벼 한 포기조차 그리워하여 홀쭉해진 벌판에 빛나는 서리"를 보며 나이를 먹었다. "야성의 어린 시절은 뱀 무덤처럼 쓸려 내려갔고 뱀 비늘 각질을 떨어트리며 한 생을 살아내"는 것으로 시인은 생을 보듬고 오늘 새벽도 삽을 들고 자연 속으로 걸어간다.

　　　　　　　　　　　그해 여름, 뱀 무덤 앞에서

"발아래 흙들은 부슬부슬 빛"나고 "엄마의 젖꼭지 같은 말랑한 연초록 순"을 따며 "백자처럼 환했던 달밤"에 변함없이 변해가는 자연을 책처럼 읽는다. 그렇게 자연과 조금씩 가까워지고 사람의 일에 지지 않고 대거리하면서 "가난한 집 조그맣던 까만 계집아이"는 굵고 잘생긴 나무가 되어갔다.

시기 질투가 많은 나는 그녀를 미워할 수 없다. 새까만 눈동자에 나를 사랑하는 마음을 보았기에 그렇다. 부러우면 지는 거라는 현대속담을 주억거리며 그녀를 기뻐한다. 농사일로 마을 일로 수척해진 시인을 볼 때마다 마음이 아프지만, 이것은 순전히 나만의 생각이다. 마을에 쓰레기 소각장이 들어서고 알수 없는 병에 걸려 죽어가는 동네 주민을 향한 걱정과 더 많은 쓰레기 소각장이 마을에 들어온다는 말에 그 좋아하는 농사일도 제쳐 두고 뛰어다녔다. 여러 명이 같은 폐암으로 죽어가는 주민을 보며 각혈을 토하듯이 각 기관에 항의하고 연대했다. (포털사이트에 '유민채 이장'이라고 검색 한 번 해 보시라!) 동네 이장으로 있을 땐 어르신들을 모아 자서전을 써서 『내 삶의 나날들』이란 책을 내기도 했다. 그 속에는 농사일부터 온갖 시골일을 도맡아 하며 한세월을 보낸 이들의 설움과 슬픔, 그런데도 자녀를 잘 키워낸 기쁨까지 가지런히 새겨져 있다. 그런 시인의 파이팅 넘치는 의욕은 그녀의 발이 땅속에 묻혀 있기 때문일 것이다. 투사 같기도 하고 성녀 같기도 하고 때로는 동네 흔한 아줌마로 보이기도 하는 수더분한 농사꾼이다.

소는 풀을 뜯고

나는 숨결처럼 잠이 들고

소를 잡은 끈을 스르르 놓아버리고

풀밭은 원을 그리며 쉼 없이 맴돌고

언덕 위 소나무는 하늘바람을 흘려보내고

발목까지 차오른 새파란 풀잎 깊숙이 물 들어오고

소나무 가지 끝에 매달린 정적은 잔뜩 빛을 머금고

바람과 함께 풀빛 속에 눕는다

끈은 세상 전부이고 없기도 하였으니

소는 저 홀로 노닐고 물을 먹고 있다

나와 같이

「풀밭에 누워」 전문

　심우도(尋牛圖)의 한쪽을 보는 듯한 기시감에 사로잡히는 시다. 잘 길든 소와 함께 마음의 본향인 자기 자신으로 돌아가는 듯한 느낌에 발목을 붙잡히고 말았다. "잠이 들고", "풀밭은 원을 그리며 쉼 없이 맴" 돌면서 무심한 소와 소녀가 함께 풀빛 속에 누워 자연 안에 들어와 무(無)가 된다. 이들은 시공을 초월한 공(空)의 세계에 발을 딛는다. 텅 빈 공간에 산은 산으로 물은 물로 조그마한 번뇌도 없이 있는 그대로의 모습을 볼 수 있는 깨달음의 세계에 도착했을까? 자기 자신에게로 돌아가는 길을 찾았을까? "저 홀로 노닐고 물을 먹는" 소는 이제 다른 경지에서 소녀를 기다리는 듯하다. 요즘 많은 철학자나 심리학자는 이구동성으로 나답게 사는 것에 대해 용기가 필요하다고 말

한다. 나답게 못산다는 건 타인이 원하는 대로 사는 것인데 그 것은 남이 원하는 대로 살면 편하기 때문에 그렇게들 살아간다 한다. 그래야 다치지 않는다고도 말한다. 그리하여 인생의 끝자 락에서 깨닫게 되고 그때는 많은 걸 놓친 때라는 걸 후회한다. 나답게 산다는 것은 내가 감독이고 배우라는 것인데, 시인의 경 우는 오롯한 '자기다움'으로 살고 있는 것이다. 시에 전반적으로 언어 모험이 없는 것은 자극적이고 화려하며 극단적인 심지어 깊을 필요가 없기 때문일 것이다. 이미 시인은 자연 안에 들어 와 유영하고 있으므로.

3. 생은 직선이 아닌 곡선

인간이 지구에 한시적으로 머무는 이유는 무엇일까. 어떤 가치가 있을까를 놓고 젊은 직장인들과 독서수업 중에 토론한 적이 있다. 모두 아름다운 지구에 인간의 존재는 생태계를 파 괴하는 역할만 하니 태어나지 않는 것이 지구를 위해 우주를 위해 유익한 것이라고 입을 모을 때 한 청년이 말한다. '인간이 지구에 머물고 최고의 포식자로 살아가는 것은 예술 때문'이라 는 말에 일순간 정적이 흘렀다. 예술을 하기 위해 지구에 왔다 는 너무나도 낭만적인 말에 우리는 잠시 혼을 빼앗겼다. 음악 을 하고 시를 쓰고 그림이나 건축을 할 수 있는 유일한 존재가 인간이라는 거다. 특히 생존을 위한 몸짓이 아니라 그저 자신 과 타인의 더 깊어질 사유를 위해 예술은 인간만이 할 수 있 는 유일한 일이라는 말에 모두 공감하며 숙연해졌다.

그렇다면 예술은 누가 가르치고 보여주는가를 생각하면 역시 자연밖엔 없다. 인간은 태어나 자연을 찬양하고 그것으로 인간은 위로받고 순해진다. 이러한 이유로 시인은 아마도 탯줄이 양치식물이 아니었을까, 오래된 전설을 탯줄로 잡고 자연의 한 부분으로 태어났으니 저리도 자연이 흘리는 진액을 받아먹을 줄 아는 것이다.

자연이 부려놓은 잘 자란 배의 단맛을 놓치지 않고 기어이 한 입 깨물어 "종아리 가득 싸리 빗자루 자국 환하게" 빛나도 세상에서 가장 맛있는 기억을 갖고 있는 시인은 "나뭇잎 사이로 새파란 하늘이 부서지는" 모양을 보았고 "바람을 타고/나뭇잎 사이로/웃음이 되어/툭 툭 투둑투둑/리듬이 되어/아이처럼 이리저리 움직"이는 자연과 함께 출렁이는 예술가다.

가을 들어 우리 할머니 할아버지 묻힌 잿말랭이 노릇노릇 익어가면 마을 종(鐘)이 걸린 꼭대기부터 과수원 길 아래까지 미끄럼을 탔다 엉덩방아 찧을라치면 할머니 무덤이 막아주고 옆으로 미끄러지면 작은 둔덕이 안아주었다 성학이 오빠는 찌그러진 눈을 찌글찌글하며 침도 더러 흘려가며 실룩거리며 내려왔다 언덕은 물결치는 노란 바다 온몸에 누런 잔디와 검불이 묻었지만 아무렇지 않았다 해지는 게 두렵지 않았다

말랑말랑한 논바닥 위에 집채만 한 짚가리가 쌓이면 먼발치서부터 뜀박질하며 올라갔다 짚가리 위에서 풀쩍 뛸 때마다 머리카

그해 여름, 뱀 무덤 앞에서

락은 하늘을 향해 온통 날리고 햇볕을 받은 아이들 웃음이 발갛게 빛났다 웃음소리가 공중 속으로 타앙타앙 솟구쳤다 노을이 울멍울멍 구름 속에 스미고 산자락 나무들을 감싸 안았다 어느새 어둠 까맣게 휘돌면 발끝을 더듬더듬 집으로 향했다. 저만치 흐르는 불빛을 따라 밥 냄새가 몽글몽글 흘러나왔다.

「어떤 풍요2」 전문

　죽은 자와 산 자와 자연이 허물과 경계 없이 흐물거린다. 그 흐물거림 속에 서로에게 스며들고 삶과 죽음조차 실룩거리며 뒤따르고 있다. 시인의 시선은 태고의 지층이다. 물고기의 화석이며 가늘고 긴 노을의 속눈썹을 보는 이 몇이나 될까, 이미 자연과 한몸이 된 듯 웃음소리는 "타앙타앙 솟구쳤"고 "노을은 울멍울멍 구름 속에 스미고" 어둠 속에서도 길을 잃지 않고 "더듬더듬 집으로 향하는" 낮 동안 몸으로 체득한 자연과 함께 몽글몽글 밥 냄새를 따라 사람의 집으로 돌아간다. 시간을 정하고 계절을 나누고 바람의 종류를 만든 인간의 문명으로 자연을 난도질해도 시인은 덤덤히 자연 속에 들어가 움막을 짓고 지천명이 넘도록 섬긴다. 침묵하는 자연은 삶으로 미분 되고 그것에 입 맞추며 사는 시인의 마음을 닮고 싶을 뿐이다.

　시인은 자라서 농사꾼이 되었다. 추학리 이장이었을 적엔 마을의 대소사를 처리하고 연세 드신 어르신의 집을 방문하는 것으로 하루를 시작했다. 낡은 마을회관을 리모델링하여 작은 도서관으로 만들고 차와 커피를 마실 수 있는 아늑한 공간으로 꾸며 지나가는 누구라도 쉬어 갈 수 있는 공간을 만들었다. 이것 역시 자연을 닮은 따뜻한 마음이리라. 그런 시인의 시심(詩心)은 자연을 닮은 생명의 꼭짓점을 이어 생은 직선이 아닌 곡선이었음을 삶으로 보여준다. 자연은 모두 곡선이므로.

4. 노을이 주는 마음

시인을 만나 가끔 어릴 적 이야기나 부모님과의 에피소드를 들으면 마음이 따뜻해진다. 특별히 나는 시인의 아버지를 사랑한다. 자식을 위해 잔칫집이라도 다녀오는 날은 "담배갑 껍데기 은종이"에 평소에 먹어 볼 수 없는 입에 단 것들을 꼬깃꼬깃 싸 오신다. 아버지의 해맑은 눈빛은 차라리 별이었을 터. 그런 아버지를 또한 사랑한 어린 시인은 소풍날 사이다를 사 먹으라고 준 용돈으로 새마을 담배를 사드린다. 아버지 평생 단골 주제는 '소풍날 어린 딸이 사 준 새마을 담배 이야기'로 마음이 풍성해졌다는 거다. 문득 나의 아빠와 오버랩 된다. 언제나 엄마를 사랑한 아빠는 새침한 엄마를 위해 가끔 사람들 앞에서 노래도 부르셨다. 시시때때로 과자 종합선물 세트를 사 오셨고 성탄절엔 인형을 선물 하셨다. 허약한 나를 위해 숙제를 대신 해주시고 구구단을 못 외워 쩔쩔맬 땐 우리 딸 잘한다를 연발하셨다. 시인의 아버지를 한 번도 뵌 적은 없지만, 아버지의 사랑은 나이 들어가는 딸에게도 영원회귀처럼 각인되어 언제나 현존한다.

아버지에게는 지팡이가 있었다
대나무 가지를 잘라 만든
손잡이엔 때가 까맣게 절어 있었다
아버지의 다리는 절그럭거렸고 허리는 땅을 향해 기울었다
길을 나서면 조금 낮은 하늘을 보고 웃었다

지팡이는 아버지를 조금 일으켜 세웠다
아버지만큼 가벼워 어디든 데려다주었다
대나무 파란 잎사귀처럼 푸르렀다
아버지 두고 가신 지팡이에 내 몸을 걸쳐봤다
날아오를 듯 가볍게 나를 들어 올렸다

어젯밤 꿈속의 든든해 뵈던 아버지 다리 떠오르고
아버지 머물던 땅, 지팡이는 하얗게 웃고 있다

「대지팡이」 전문

  늙어간다는 것은 자연으로 돌아가는 시간이 다가오고 있다
는 것이겠다. 시간이 육체에 새겨지고 깊은 주름은 아버지를
본래의 땅으로 보낼 준비를 한다. 멀었던 것들이 가까워지고
가깝던 것들이 멀어지는 일, 자연으로 돌아가는 일이다. 아버
지가 남기고 떠난 손때 묻은 지팡이를 보며 떠난 이를 기억하
는 일은 아직 오지 않은 사람을 기다리는 일과 닮았다는 생각
이 든다. 이비지는 숲으로 돌이기서도 어머니의 농시를 돌보
고 가을을 건네기도 한다. 또한, 어느 날엔 기어이 "어머니의

곡식들은 아버지를 찾아" 떠날 것이다.

언젠가는 시인도 가게 될 그 길목에 여전히 남아 자신을 지킬 지팡이가 어디든 데려다주겠거니 한다. 지팡이가 데려다주는 곳은 천국도 피안도 아닌 아버지가 계신 곳, 이글거리는 원시의 낡은 무늬를 내려놓고 대나무 파란 숲으로 들어가리라.

「대지팡이」는 '노을', '저물녘'에 관한 이야기다. 나는 일출보다 일몰이 더 아름답다고 느낀다. 노을이 피어나는 시간엔 세상 모든 것이 눅눅해져 쓸쓸했다. 이런 감각은 어릴 적부터 있었는데 꽤나 어른이 된 듯한 착각도 해서 우쭐한 기분도 들었다. 생텍쥐페리의 어린 왕자는 B혹성 612호에서 노을을 보기 위해 42번이나 자리를 옮겼다. 「어린 왕자」를 읽으며 노을을 저렇게 많이 볼 수 있다면 뭐 혼자라도 쓸쓸해도 자주 외로워도 좋겠다고 생각했다. 앙상해진 태양을 바라보며 졌잘싸(졌지만 잘 싸웠다) 기분이 드는 것은 내 하루의 감정이입 때문일 것이다. 불룩했던 낮의 바람이 빠지는 순간에 빛을 내는 풍경을 바라보며 다시 태어난다면 먼지나 바람이 되어 떠돌면서 매일 노을과 함께 있을 것이라고 다짐도 했다. 살아낸 하루의 마지막에 빛나는 쓸쓸함, 마침내 내가 노을이 된다면 하는 발칙한 상상을 하며 언제나 노을 바라기로 산다.

그해 여름, 뱀 무덤 앞에서

노을을 숨죽이고 훔쳐보다 죽음도 마다치 않는 생이 되어가고 삶은 죽음에 기대어 차곡차곡 쌓인다. 이제 시인과 더불어 우리는 지천명이 되어 노을의 뒤통수를 볼 줄 아는 지혜(?)가 생겼다. 갖고 있는 불온한 욕망을 잘게 부숴 노을빛에 흩어버리고 다시 돌아갈 그곳을 상상하며 하얗게 웃고 있을 지팡이를 어루만지고 싶다.

에필로그

가을이 으슥해졌다. 흐드러지던 단풍 머리칼이 자꾸만 빠진다. 나무 밑에 수북해진 아직은 싱싱한 낙엽을 밟으며 자연이 만든 것 중에 셀 수 있는 것이 있을까 생각한다. 무심코 낙엽을 세다 그만둔다. 셈하지 않는 자연의 섭리 앞에 생은 뜨겁거나 차가운 날보다 미지근하고 맹숭한 날이 더 많았음을 고백한다. 인간이 만든 것 중에 셈할 수 없는 것은 없다. 자본으로 만들어 자본으로 돌아가기에 그럴 것이다. 하지만 자연은 한 번도 사람에게 셈하지 않는다. 인간 역시 자연이 만들고 자연 속에 살아가는 존재이므로.

'하늘은 사람에 의지하고 사람은 먹는데 의지하나니 만사를 안다는 것은 밥 한 그릇을 안다는 것에 있다'고 해월 선생이 말씀하셨다. 밥 한 그릇 속에 있는 거룩한 자연의 "따뜻한 고요"를 느낀다. 땅이 내는 수많은 생명 중에 땅으로 돌아가지 않는 것은 없으므로 계절과 시간에 거치지 않고 자연은 밥 한 그릇이 되어 우리의 오래된 힘이 되었나.

모든 인간은 기도하는 존재다. 땅에 자신의 존재를 심으며 점점 좋아질 일상이 될 것을 기도하고 자연에 기대어 밥 한 그릇을 얻기 위해 사는 일손 위에 은총이 넘치기를, 그리하여 인간의 시간에 갇히지 않고 추상 속에 흐르는 자연 앞에 겸허해지고 슬픔조차 따뜻해지길 기도한다. 시인이 그랬듯이.

– 배경은 (시인)
크리스천 문학으로 등단
그림책 서평집 〈나를 읽다〉 출간

그해 여름, 뱀 무덤 앞에서